「コンスタンタン様、あ～ん」
リュシアンは完全に、酔っぱらっていた。
『王の菜園』の騎士と、『野菜』のお嬢様
2

「ランドール卿、帰ってください。
わたくしは、あなたが、怖い……」
ロイクールはリュシアンの腕に手を伸ばす。
咄嗟に、リュシアンは身を竦めた。
が、ロイクールが腕を掴むことはなかった。
コンスタンタンが、ロイクールの手首を掴み、
行動を阻んでいるからだ。
「嫌がっているのが、わからないのか？」

「なっ!!」

「私は、ソレーユよ。
実家から勘当されて、困っているの！
雇ってくれたら、嬉しいのだけれど」
ソレーユ
突如、リュシアンたちの
前に現れた美女。
リュシアンの侍女にして
ほしいと告げるが、
その立ち居振る舞いは
高貴な令嬢のものである。

堅物騎士は、呼び出しを受ける

コンスタンタン・ド・アランブール。枯《か》れ葉《は》のような地味なブラウンの髪《かみ》に、鬱蒼《うっそう》とした森の色に似ている緑色の瞳《ひとみ》、鍛《きた》え上《あ》げられたしなやかな体とすらりと高い背を持つ青年である。真面目《まじめ》という言葉を擬人化《ぎじんか》させたような存在だ。

顔立ちは整っているものの、地味な雰囲気《ふんいき》から社交界でもてはやされず。未来の伴侶《はんりょ》を迎《むか》えるために参加した夜会でも、進んで壁《かべ》のシミになっているような残念な類《たぐ》いの男だった。

士官学校を首席で卒業し、卒業前の剣術《けんじゅつ》大会で優勝したことから、王族の目に留まって王太子の近衛《このえ》部隊に入隊した。

だが、地味なコンスタンタンに、華《はな》やかな未来などなかった。入隊から四年で、『王の菜園』を守護する第十七騎士《きし》部隊に異動となったのだ。

王の菜園とは、国王が日々口にする野菜を専門的に育てる場所である。

第十七騎士部隊は、騎士隊の左遷《させん》先としてあまりにも有名だった。ただ、コンスタンタンは左遷されたわけではない。

彼《かれ》の実家、アランブール家は代々、王の菜園を守護する任に就《つ》いていた。これまで現当主であるコンスタンタンの父グレゴワールが務めていたが、腰《こし》を悪くしたため隊長の座を継《つ》ぐこととなったのだ。

地味でついていないコンスタンタンは、畑の騎士と揶揄《やゆ》され、今まで以上に女性陣《じょせいじん》を遠ざけてしまう結果となった。

結婚《けっこん》に、積極的になれない理由もあった。

それは、社交界の女性達《たち》の、異常な肌《はだ》の白さ。病弱な母を亡《な》くしているためか、同じように肌が青白い女性が苦手だったのだ。

もう、夜会で伴侶なんか探すものか。そう決意していた彼に、運命の出会いが訪れる。

早朝、王の菜園の見回りをしていたコンスタンタンは、まさかの光景を目にすることとなった。

逃《に》げる野生のウサギを、全力疾走《しっそう》で追いかける美しい女性を目にする。

絹のような髪を振《ふ》り乱《みだ》し、スカートを花びらの如《ごと》く翻《ひるがえ》しながら、ウサギのあとを走っていたのだ。

見事、女性はウサギを捕獲《ほかく》し、甘《あま》ったるい声で言った。

「このウサギ、ミートパイにしてやりますわ！」

その瞬間《しゅんかん》、コンスタンタンは頭上から雷《かみなり》が落ちてきたような衝撃《しょうげき》を受ける。

ウサギ追いし美女の名はリュシアン。フォートリエ子爵家《ししゃくけ》のご令嬢《れいじょう》だ。

コンスタンタンはウサギを追いかけて捕獲し、ミートパイにしてやるという豪胆《ごうたん》な発言をしたリュシアンに一目《ひとめ》惚《ぼ》れしてしまったのだ。

リュシアンは農業従事者に農業指導をする目的でやってきた。

リュシアンも社交界の女性達同様、肌が白かった。しかし、彼女《かのじょ》は母親とは異なり、明るく元気だったのだ。

しだいに、コンスタンタンの中にあった、肌が白い女性を苦手に思う気持ちは薄《うす》くなっていく。すべては、リュシアンのおかげである。

日々、共に過ごすなかで、コンスタンタンはリュシアンに妻になってほしいと願うようになる。ただ、美しく心優《こころやさ》しいリュシアンは高嶺《たかね》の花《はな》であるだろうからと、尻《しり》込みしていた。

そんな中で、求婚《きゅうこん》する幼馴染《おさななじ》みロイクールから守るため、仮の婚約者《こんやくしゃ》を務めることとなったり、王の菜園の野菜を使った事業を始めようとしたり。

リュシアンが来てから、コンスタンタンを取りまく事情はめくるめくように変わりつつある。大変だと思うときもあるが、彼女と過ごす日々は愛《いと》おしいと思うコンスタンタンであった。

◇◇◇

ついに、王の菜園の野菜を使う許可が下りた。リュシアンと手に手を取って喜んでいたのも束《つか》の間《ま》のこと。

翌日、コンスタンタン宛《あて》に一通の手紙が届いた。差出人の署名は、王太子イアサント・ロドルフ・ニコラ・デュピュイトラン。

手紙を持つ手が、震《ふる》えてしまう。王太子直筆の手紙が届いただけでもとんでもないのに、書かれていた内容もとんでもないものだった。

――コンスタンタン、何か、面白《おもしろ》いことをしているみたいだね。婚約者を連れて、詳《くわ》しい話を聞かせてくれるかな？

つまり、リュシアンを連れて王宮に来い、という内容だった。

王太子の命令は絶対である。

コンスタンタンは長く深い溜《た》め息《いき》をつき、リュシアンに話しに行く。

リュシアンは今日も、元気よく働いている。

貴族女性は、太陽の下に出ることを嫌《いや》がるという話を聞いたことがある。だが、彼女の場合はまったくそんなことはないようだ。

嬉《うれ》しそうに作業をしているリュシアンの様子を眺《なが》めていたが、よくよく見たら手にピンセットを持ちもう片方の手には瓶《びん》を持っていた。あれはいったい何をしているのか？　考えていたら、リュシアンがコンスタンタンの存在に気づいてやってくる。

「お疲《つか》れ様《さま》です、コンスタンタン様」

「ああ――」

リュシアンの持っている瓶を見て、ぎょっとする。水の中に虫が沈《しず》んでいた。どうやら、畑の作物の害虫退治を行っていたようだ。

「瓶の中の虫は、害虫なのか？」

「ええ。野菜の茎《くき》、葉、実まで食べつくす悪い子ですの」

「そうか」

嬉しそうにしていたので、収穫《しゅうかく》をしているのかと思っていた。実際は害虫退治だったようだ。

害虫についてはひとまず措《お》いて、本題へと移る。

「アン嬢《じょう》、突然《とつぜん》で悪いのだが、明日の昼頃《ひるごろ》――」

ここから先を言うのは気が重い。しかし、腹を括《くく》って言いきった。

「王太子殿下《でんか》に呼び出された。アン嬢も連れてくるようにとあったから、同行してもらえると、その、助かる」

王太子は絶対連れて来いと書いていたわけではない。けれど、王族の提案は絶対なのだ。

ちらりとリュシアンの顔を見たら、驚《おどろ》いた顔をしていた。

それも無理はないだろう。王太子の呼び出しなど、コンスタンタンですら初めてだった。

「もちろん、絶対に、というわけではない」

リュシアンに無理をさせるわけにはいかなかった。行かないと言った場合、コンスタンタンが王太子に平謝《ひらあやま》りをすればいいだけである。

胃がキリリと痛みそうだったが、そもそもリュシアンとの婚約《こんやく》は仮のもの。ここで、喧嘩《けんか》をしたなどと説明したら、婚約を破棄《はき》したあと言い訳もしやすくなる。

そう思っていたが――。

「王太子殿下にお招きいただけるなんて、光栄です。ご迷惑《めいわく》でなかったら、ぜひ、ご一緒《いっしょ》したいですわ」

リュシアンは虫を一網打尽《いちもうだじん》にした瓶を片手に持った状態で、天使のような微笑《ほほえ》みを浮《う》かべて言った。

◇◇◇

翌日――コンスタンタンはリュシアンと共に馬車で王城を目指す。王太子の呼び出しだからか、リュシアンはめかし込んでいた。詰《つ》め襟《えり》のアフタヌーン・ドレスに、カシミアの外套《がいとう》を合わせている。髪の毛《け》はハーフアップにして、ベルベットのリボンで結んでいた。夜会のリュシアンは美しかったが、今日は可憐《かれん》だった。

「コンスタンタン様、何か、おかしい点などありますか？」

「あ、いや、別に」

ここで、綺麗《きれい》だとか、似合っているだとか言えたらよかった。しかし、そんな気の利《き》いた言葉などポンポン出ていたら今頃《いまごろ》結婚している。

「それにしても、馬車がきれいになってもどってきて、よかったですわ」

リュシアンは明るく言ったが、コンスタンタンは胸が締《し》め付《つ》けられる。

夜会の晩、下町のならず者に馬車を襲撃《しゅうげき》された日の出来事は、今でも苦々しい記憶《きおく》として甦《よみがえ》る。コンスタンタンが馬車の外でならず者と戦っている間、リュシアンは隠《かく》れていた男に

このままだと、確実に国が傾《かたむ》くと王太子は断言する。そのために、今は税率を下げるよう働きかけているようだ。

実現まで遠くはないが、生活に悲鳴をあげている者達は待ってはくれないだろう。

「コンスタンタン、リュシアン嬢、私に、手を貸してくれるね？」

王太子の言葉に、コンスタンタンとリュシアンは同時に頷《うなず》いた。

「とりあえず、職に困っている者達の働く場所を提供してほしい。予算はこちらでなんとかするから、早急《さっきゅう》に動いてくれ」

「承知いたしました」

早急に、という言葉の通り、すぐさま行動に移そうとしたが、王太子に制止される。

「待ってくれコンスタンタン。お茶の一杯《いっぱい》くらいは、付き合ってくれないか？」

「はっ」

浮かせた腰を、再び長椅子《ながいす》へと沈めた。

湯気の立った紅茶が、再び運ばれる。

「それで、君らの結婚は、いつなんだい？」

コンスタンタンは口に含《ふく》んでいた紅茶を噴《ふ》きだしそうになった。胸を押《お》さえ、なんとか飲み込む。動悸《どうき》が落ち着くのを待っているうちに、リュシアンが答えてくれた。

「結婚は……王の菜園の新しい事業が落ち着いたら、と話し合っておりますの」

「しかし、こういうのは早いほうがいいのではないか？」

その問いかけには、コンスタンタンが答えた。

「それもそうですが、今は私も彼女も、王の菜園のことで頭がいっぱいで」

噛《か》まずに言えた自分を褒《ほ》めたいと、コンスタンタンは内心思う。動揺《どうよう》を表情に出さなかったリュシアンにも、深く感謝した。

ここで、お暇《いとま》することとなる。クレールの先導を受け、廊下《ろうか》を歩く間も気が気ではなかった。胸の鼓動《こどう》が落ち着いたのは、馬車に乗ってからである。

「はあ、緊張しましたわ」

リュシアンは胸に手を当て、深い息をはいていた。まったくそのように見えなかったので、意外に思う。

「よく、落ち着いていたように見えたが？」

「コンスタンタン様がどしんと構えていたので、わたくしもきちんとしなきゃと思って、表情筋に力を入れていたのです」

それを聞いたコンスタンタンは、ふっと笑いが零《こぼ》れた。

「どうかなさって？」

「いや、私も、アン嬢と同じことを考えていたんだ」

「同じこと、と言うと？」

「アン嬢が欠片《かけら》も動揺を見せていなかったから、堂々としていなければと思っていたんだ」

「まあ、わたくし達、お互《たが》いに助け合っていたのですね」

「そうみたいだ」

リュシアンと一緒ならば、どんな困難も乗《の》り越《こ》えられそうな気がする。

ここでも、コンスタンタンは結婚したいと内心思ってしまった。

◇◇◇

新しい『王の菜園』を造るために、コンスタンタンがまず頼《たよ》ったのは——中央政治機関のジャン・ド・ノワルジェだった。彼は王の菜園の監査官《かんさかん》を務めた人物で、貴族であるが市民寄りの考えを持つ。どうすれば、王の菜園が皆《みな》に受け入れられるのか助言を求めたのだ。

その中で、ドラン商会の力を借りてはどうかという話がでた。

ドラン商会とは、以前リュシアンが助けた老夫婦《ろうふうふ》の息子《むすこ》が経営する雑貨商である。コンスタンタンの父グレゴワールは老夫婦と付き合いがあり、すぐに話を持ちかけることができた。

コンスタンタン、リュシアン、グレゴワールが、ドラン商会の前会長であるドニを迎える。

代表してコンスタンタンが計画について話した。

「なるほど。王の菜園を、旅人や商人、市民の憩《いこ》いの場にしたい、と」

「はい」

「喫茶店に宿、ウサギの畜産《ちくさん》か……。ふむ。いい計画だ。しかし、予算がちょっとばっかし足りないかもしれないな」

王太子から預かった予算に加え、アランブール伯爵家も出資している。十分な金額だと考えていたが、僅《わず》かに足りないようだ。

「わたくしの父に、出資を頼《たの》んでみましょうか？」

「アン嬢、それは、難しいだろう」

コンスタンタンとリュシアンが婚姻《こんいん》関係にあるのならば、それも可能だ。しかしコンスタンタンとリュシアンは偽《いつわ》りの婚約関係で、他人である。他人の行う事業に、リュシアンの実家が金を投資するわけがない。

打つ手が思いつかずに黙《だま》り込む中、グレゴワールがぽつりと呟《つぶや》く。

「アランブール家の財産をもう少々出してもいいが、失敗した時に家が傾くな」

成功するという保証はどこにもない。

これ以上、アランブール家から資金を捻出《ねんしゅつ》することは難しかった。

ここで、ドニが男を見せる。

「だったら、ドラン商会から出すよう、息子に相談してみよう」

「いいのですか？」

「ああ。たぶん、出資は可能だが、足りない分すべてを、というのは難しいだろう」

誰か、王の菜園の事業に興味を持ち、出資してくれる資産家はいないものか――。

ここで、リュシアンがポン！と手を叩く。

「でしたら、王の菜園の野菜で料理を作って、良さを知っていただくパーティーを開くのはいかがでしょう?」

気に入った者に出資を呼びかけるのだ。リュシアンの提案に、グレゴワールとドニが同時に叫《さけ》ぶ。

「それだ!!」

リュシアンのアイデアは即《そく》採用される。

一ヵ月《げつ》後に、アランブール伯爵邸《はくしゃくてい》でパーティーが開かれることとなった。グレゴワールとドニ、コンスタンタンは知りうる限りの人脈に招待状を送る。

リュシアンにはパーティーで出す料理を、アランブール家の料理人と共に考えてもらった。

休憩《きゅうけい》時間に、リュシアンはパーティーで出す料理の試作品を持ってくる。

狭《せま》い執務室《しつむしつ》に、料理の匂《にお》いが漂《ただよ》う。かいだだけで、おいしい料理であることがわかった。

リュシアンには籠《かご》の中から料理を出し、コンスタンタンの執務机《しつむづくえ》に置いた。

「こちらはトマトに挽《ひ》き肉《にく》を入れた、詰め物《ファルシ》ですわ。今の時季のトマトは酸味が強いので、肉のおいしさが引き立つかと」

トマトの中身をくりぬき、スパイシーな味つけがされた挽き肉を詰めた料理である。

さっそく、いただくことにした。

ナイフを入れると肉汁《にくじゅう》がじゅわっと溢《あふ》れてくる。口に運ぶまでの間に、肉汁が溢れてスープのようにひたひたになっていた。それを匙《さじ》で掬《すく》い、パクリと食べる。

トマトはトロトロで、肉はピリッとした風味の中にほのかな甘みもあった。トマトの酸味が味を引き立ててくれる。

「コンスタンタン様、どうですか？」

「おいしい。パーティーに出しても、問題ないだろう」

そう答えると、リュシアンは微笑みを返す。厳冬を乗り越えた先にある春のような、温かな笑顔《えがお》であった。

コンスタンタンは季節の中で、春が好きだ。それは、家族に由来するものである。

曇天《どんてん》が続き、雪が降り積もる冬は決まって母の体調が悪くなる。それにともない、心配する父は塞《ふさ》ぎ込み、コンスタンタンまで暗くなってしまうのだ。

春になれば、暖かな日差しが差し込み、美しい草花が芽吹《めぶ》く。母の具合が快方に向かうことはないが、家の中は明るくなっていたのだ。

冬も目前となり肌寒《はださむ》くなったが、リュシアンがいたら春のぽかぽかとした陽《ひ》だまりの中にいるようだった。

「コンスタンタン様は、どういったものが好きですの？」

「アン嬢が……」

「わたくし？」

聞き返され、コンスタンタンの顔の温度が一気に氷点下まで下がる。

いったい何を口走ってしまったのか。額から汗《あせ》がぶわりと浮かんだ。

「ア、アン嬢の……料理は、その、どれもおいしくて……好きだ」

苦《くる》し紛《まぎ》れの言い訳である。だが、これがコンスタンタンに思いつく最大の言葉だった。

何を言っているのか。呆《あき》れられても仕方がない。そう思っていたが――リュシアンは頬《ほお》を染め、胸に手を当てて感極《かんきわ》まっている様子でいた。

「まあ、とっても嬉しいですわ。わたくし、料理はあまり自信がなくて」

「いや、謙遜《けんそん》する必要はないだろう。差し入れの料理は、他の騎士もおいしいと言っている」

「そうですの？　嬉しい」

リュシアンは満面の笑みを浮かべ、喜んでいる。

「こうしてはいられませんわ！　わたくし、もっともっと料理を作らなくては！」

立ち上がり、扉のほうへと向かったリュシアンであったが、くるりと振り向《む》いて質問を投げかけてきた。

「コンスタンタン様は、どんな料理がお好きですの？　食材や調理法でも構いませんが」

コンスタンタンは奥歯《おくば》をぎゅっと噛みしめる。何が好きかと聞かれても、答えは「リュシアン」しか浮かんでこない。

ふと、窓の外を見ると、秋カボチャを収穫しているところが目に付いた。

これだと思い、口にした。

「カボチャ」

「カボチャ！　わたくしも大好きですわ。ちょうど秋カボチャの旬《しゅん》ですし、いろいろ考えてみますね。では、ごきげんよう！」

リュシアンは執務室から去っていく。

誰もいなくなった部屋で、コンスタンタンは一人、「好きだ」と呟いた。

自らの呟きにギョッとして、左右に首を振る。

リュシアンにのぼせ上がっている場合ではない。仕事をしなければ。

生真面目《きまじめ》な騎士は、執務《しつむ》を再開させた。


夜、リュシアンにパーティーに出す料理の味見をするように頼まれた。

夕食後、しばらく執務を行い、ちょうど小腹が空《す》く時間帯である。リュシアンはロザリーを伴《ともな》い、籠を片手に持ってやってきた。

廊下が寒かったのか、赤いケープの頭巾《ずきん》を被《かぶ》っていた。その姿はまるで、童話にある『赤ずきん』のようである。

リュシアンが赤ずきんなら、自分は狼《おおかみ》か。いいや、そんなわけない。

コンスタンタンは首を振って、狼になんかならないと否定する。

「あの……コンスタンタン様、ご迷惑でしたか？」

リュシアンは小首を傾《かし》げ、訊《たず》ねてくる。その首を傾げる様子は、絶妙《ぜつみょう》に木の枝に留まる可憐な雪妖精《シマエナガ》に似ていた。

リュシアンを童話の世界の住人や、小動物に例えている場合ではなかった。

「いや、迷惑ではない。廊下は寒い。早く、中に」

「ありがとうございます」

リュシアンはロザリーと暖炉《だんろ》の前に敷物《しきもの》を広げている。その上に、瓶詰《びんづ》めやらまな板やらナイフやらを並べ始めた。

まるで、ピクニックのようだった。

「コンスタンタン様、こちらへどうぞ」

リュシアンは隣をぽんぽんと叩く。座るように言いたいのだろう。

「では、失礼する」

ロザリーが籠の中から取り出したのは、酒瓶《さかびん》である。

「じゃ〜ん。アンお嬢様《じょうさま》のご実家であるフォートリエ領名産の、スパークリングワインですよ〜！　これ、シャンパンに負《ま》けず劣《おと》らずで、すっごくおいしいんです！」

「ロザリーのコレクションを、一本分けていただきましたの」

「いいのか？」

「もちろんですよお。王の菜園事業を始める、二人の門出《かどで》にお祝いさせてくださいな！」

「ですって」

ロザリーはスパークリングワインの栓《せん》に布をかけ、ボトルを捻《ひね》って開栓した。

すると、栓がポン！　と小気味いい音がする。

「きゃっ！」

リュシアンは音に驚き、身を竦《すく》めていた。

コンスタンタンのほうに身を寄せたものの、腕《うで》に指先が触《ふ》れる寸前で動きを止めたようだ。なんだったら、ぜんぜん縋《すが》っても構わなかったが。

コンスタンタンは微妙《びみょう》に残念な気持ちになる。

「アンお嬢様、銃声《じゅうせい》には動じないのに、スパークリングワインの抜栓《ばっせん》程度で驚くなんて」

「だって、音が鳴るとは思いませんでしたもの」

「執事《しつじ》さんはいつも、音を鳴らさずに上手に開けますからね。すみませんでした」

銃声は平気なのに、栓抜きに驚くリュシアンが可愛《かわい》い。

コンスタンタンはしみじみ思ってしまう。

「うんと冷やしてきましたからね！　きっと、おいしいですよ」

ロザリーはそう言いながら、細身のグラスにスパークリングワインを注ぐ。

しゅわしゅわと弾《はじ》けるワインは、暖炉の火に翳《かざ》すと美しい色合いになる。リュシアンにも教えたら、キラキラした瞳でグラスの向こうのスパークリングワインを眺めていた。

「なんて綺麗な琥珀色《こはくいろ》なんでしょう。故郷のお酒が、こんなに美しいなんて、知りませんでしたわ。コンスタンタン様、教えてくださり、ありがとうございました！」

ロザリーはリュシアンを笑顔で見守っていたが、ここで彼女の手にグラスがないことに気づいた。コンスタンタンは立ち上がり、棚《たな》の中からグラスを持ち出す。

空のグラスを、ロザリーへと差し出した。

「あの、アランブール卿、そちらのグラスは？」

ロザリーの分であると言うと、丸い目が零れそうなほど見開いていた。

「あ、あの、私は使用人ですので」

「もう、労働時間外だ。問題ない」

「ええ、そんなあ。困ります。アンお嬢様～」

「ロザリー、ここでは、コンスタンタン様が法律ですわ」

「ええ、本当ですか～～？」

「もちろんです」

「でしたら、お言葉に甘えて、一杯だけ」

困ると言いながらも、アンがいいと言ったら嬉しそうにスパークリングワインをグラスに注いでいた。

「では、乾杯《かんぱい》いたしましょう。え～と、コンスタンタン様、何に乾杯いたします？」

「……」

こういうことは、慣れていない。

同僚だったクレールであれば、ポンポン出てきただろうが。

いつも騎士隊の飲み会の際は、端《はし》の方で気配を殺していた。乾杯の音頭《おんど》を頼まれることなどなかったのだ。

「突然《とつぜん》頼《たの》まれても、困りますよね。ロザリー、お願いできますか？」

「そうですね～、ごっほん。では、アンお嬢様と、アランブール卿の仮の婚約に、乾杯！」

「ロザリー！」

コンスタンタンはまだ何も飲んでいないのに、噎《む》せてしまった。

ロザリーのおかげで、賑《にぎ》やかな時間を過ごす。

スパークリングワインは火照《ほて》った顔を冷やすのに、ちょうどよかった。

リュシアンはあまり酒に強くないようで、一口飲んだだけで頬を赤く染めていた。

とろんとした目でナイフに手を伸《の》ばすので、咄嗟《とっさ》に腕を掴んでしまう。

「アン嬢、ナイフは、私が扱《あつか》おう」

「でも……」

「危ないから、私にさせてくれ」

リュシアンは上目遣《うわめづか》いで、コンスタンタンを見る。

瞳は潤《うる》んでいて、吸い込まれそうだった。早く目を逸《そ》らしてほしいという思いと、ずっと見つめてほしいという思いが、滝《たき》のような勢いでせめぎ合う。

「アンお嬢様、ここでは、アランブール卿が法律なんです。言うことは、聞かなくちゃダメですよ」

「……わかりましたわ」

残念そうに、ナイフを差し出してくる。

リュシアンはここで、一口大のオープンサンドを作るつもりだったようだ。

コンスタンタンはまな板の上で、バゲットを切る。しかし、上手《うま》く切れずにパンが潰《つぶ》れてし

まった。

見かねたリュシアンが、コツを教えてくれる。

「コンスタンタン様、パンは切るのではなく、ナイフの刃《は》を当てて、引くのですよ」

「⁉」

リュシアンがコンスタンタンの耳元に、熱っぽい声で囁《ささや》いた。

吐息《といき》がかかるほど、近かったのだ。助言など、まったく頭に入ってこない。

さらに、細く冷たい手を添《そ》えて、切り方を教えてくれる。熱いんだか、冷たいんだか、コンスタンタンは混乱状態になる。

結局、二枚目のパンも潰してしまった。

「難しい」

「最初から、上手にできる方はいませんので」

そう言って、リュシアンは微笑む。

いつもは天使の笑顔だが、酩酊《めいてぃ》状態の時は妙《みょう》に色っぽい。

なんだか見てはいけないものを見てしまった気分になる。

「ロザリー、お願いできますか？」

「了解《りょうかい》です！　アランブール卿、カットは私がしますね」

「……すまない」

ロザリーはまな板の上にバゲットを置き、薄く切ってくれる。

バゲットを受け取ったリュシアンは、クリームチーズの上にカボチャのペーストを載《の》せ、デイルを添えて、仕上げに黒胡椒《くろこしょう》を振ったものをコンスタンタンへと差し出した。

「コンスタンタン様、でき上がりました」

昼間、カボチャが好きだと言ったからか。一品目はカボチャを使った品を用意してくれたようだ。

感動していたら、リュシアンは予想外の行動に出る。

「コンスタンタン様、あ〜ん」

「……」

リュシアンは完全に、酔《よ》っぱらっていた。

コンスタンタンは瞠目《どうもく》する。リュシアンがコンスタンタンに、「あ〜ん」をする。それは、かつてないほどの大事件である。

以前、菓子《かし》を手ずから食べさせてくれた記憶はあるが、あれはごく自然な流れで、照れる暇《ひま》もなく終わった。

今回は、「あ〜ん」と、色っぽい様子でリュシアンが迫《せま》ってきたのだ。

そもそも、リュシアンと出会うまで、一度も「あ〜ん」された覚えはなかった。

最初に、その行為《こうい》を見たのはいつだったか。

王都の街を見回っている際に、広場にいた男女が露店《ろてん》の菓子を食べさせあっているところを目撃《もくげき》した覚えがある。

あれは、士官学校時代だったか。恋人《こいびと》たちは公衆の面前で甘《あま》ったるい雰囲気《ふんいき》をまき散らしていた。一緒に見回りをしていた見習い騎士《きし》が「けしからんな。クソ、取《と》り締まるぞ」とぶつくさ呟いていたのを覚えている。

当時のコンスタンタンは、恋人同士がいちゃつくことは禁止されていない。取り締まることは不可能だと止めた。

その時の感情を、今になってじっくり考えてみる。

きっと、恋人たちが羨《うらや》ましかったのだろう。

と、ここまでの思考はたった十秒である。

しかし、「あ～ん」と差し出したリュシアンにとっては、長かったようだ。

「こちらは、お好きではありませんか？」

「い、いいや、そんなことはない」

「だったら、どうぞ」

リュシアンはさらに、パンをコンスタンタンの口元へと近づける。

「い、いや、自分で、食べ……」

「遠慮《えんりょ》せずに」

遠慮ではなく、恥《は》ずかしいのだ。

コンスタンタンはロザリーに視線で助けを求めたが、彼女《かのじょ》は背を向けていた。

傍《そば》付きともあろう女性が、主人から目を離《はな》してもいいのか。

コンスタンタンはロザリーの背を睨《にら》むが、いっこうに振《ふ》り返る気配はない。

「コンスタンタン様？　やはり、お嫌《きら》いなのですか？」

リュシアンは目を伏《ふ》せ、悲しそうにしている。パンを持たない指先を、口に含んで歯を立てているようだった。普段《ふだん》のリュシアンならば、絶対に見せない色気のある仕草である。

彼女にこんな表情をさせる悪者は誰だ――コンスタンタンである。

こうなったら、腹を括るしかない。

「遠慮なく、いただく」

「はい！」

リュシアンが笑顔になったのを確認し、ホッと内心で安堵《あんど》する。

そして、リュシアンの手ずからパンを食べた。

これで、終わったかと思っていたが、そうではない。リュシアンは何かに気づき、コンスタンタンに接近する。

「あら、お口に付いてしまいましたわ」

そう言って、コンスタンタンの唇《くちびる》をリュシアンは指先で直に拭《ぬぐ》ったのだ。

リュシアンが触れた唇が、熱い。

コンスタンタンの思考回路は、焼き切れてしまいそうになる。

「コンスタンタン様、いかがです？」

「熱い」

「え？」

「いや、もう一つ……」

正直、味わう間もなく気づいたら呑《の》み込んでいた。それほどの衝撃《しょうげき》だったのだ。

「あ、アンお嬢様、こちらに作っていますよ」

「ロザリー、ありがとう」

「いいえ～。はい、アランブール卿、どうぞ」

直接、料理が載った皿を差し出してくれた。ロザリーが天使に見えた瞬間《しゅんかん》である。主人の暴走を見ない振りをしていたとんでもない侍女《じじょ》だと思っていたことを、心の中で詫《わ》びた。

リュシアンが考えた料理はどれもおいしい上に、野菜の味が生かされたものばかりだった。

王の菜園の支援者《しえんしゃ》を募《つの》る料理として、どれも相応《ふさわ》しいだろう。

「きっと、皆、気に入ってくれる。自信を持つといい」

「ありがとうございます、コンスタンタン様」

「礼を言うのは、私のほうだ」

リュシアンは王の菜園の危機を救う女神《めがみ》だろう。

どうか、パーティーが上手くいくように。

今は、祈《いの》ることしかできなかった。

◇◇◇

招待状は百通ほど送った。だが、参加すると返ってきたのは、たった十五通だった。

アランブール伯爵家は長年晩餐会《ばんさんかい》や夜会などを開かず、貴族社会の繋《つな》がりも薄《うす》い。

これまでは問題なかったが、今になって何もしていなかったツケが回ってきたように思える。

この件に関しては、コンスタンタンの父グレゴワールも頭を悩《なや》ませていた。

「私の父……お前のお祖父《じい》さんは賑やかなことが好きでね。社交期は人を招いてパーティーを開いていたんだ。しかし……」

コンスタンタンの母が病弱だったこともあり、パーティーの回数は年々減っていた。コンスタンタンの祖父が亡《な》くなってからは、喪《も》に服すと理由を付けて人を集めることをしなくなった。

「……負担を、かけてしまうからね」

パーティーを取り仕切るのは、妻となる女性の仕事である。

コンスタンタンの病弱な母にその役目を押し付けるわけにはいかない。そんな理由もあって、アランブール伯爵家は長い間パーティーを行っていなかったのだ。

「リュシアン嬢《じょう》はよく頑張《がんば》ってくれている。嬉々《きき》としているようで、驚《おどろ》いたよ」

リュシアンが担《にな》うのは、料理の手配に、使用人の仕事の振《ふ》り分け、参加者のもてなしなど、パーティーの核《かく》となる準備を担当している。これこそ、一家の女主人がするような仕事だ。

「アン嬢には、感謝してもし尽《つ》くせない」

「そうだな。本当にいいお嬢さんだ」

グレゴワールには、婚約者《こんやくしゃ》の振りをしていることを話していない。今日までバタバタしていて、話をする暇がなかったのだ。

報告するなら、今だろう。

「あの、父上――」

「実はな、リュシアン嬢の実家に、連絡《れんらく》をしていたのだ」

「なんの、連絡を？」

「お前と結婚《けっこん》させるつもりはないか、と」

「なっ！」

何を勝手に進めているのだと言おうと思ったが、貴族の結婚は本人の気持ちでどうこうできるものではない。ごくごく普通《ふつう》のことだった。

コンスタンタンは言葉を呑み込む。

「しかし、残念ながら断られてしまったよ」

「え？」

「婚約《こんやく》を考えている、相手がいるらしい。一歩遅《おそ》かったな」

背後から後頭部を金槌《かなづち》で殴《なぐ》られたような衝撃が起こる。

――リュシアンが婚約する？

信じがたいことであった。

「なんでも、結婚相手を探すように言っていたようだが、一向に連絡がないので、勝手に決めてしまったと」

「……」

「コンスタンタン、大丈夫《だいじょうぶ》か？」

リュシアンはいったい誰《だれ》と婚約を結ぶのか。

言葉にできない感情が、コンスタンタンの中に渦巻《うずま》いていた。

お嬢様は前向きに手紙を書く

「アンお嬢様、また旦那様《だんなさま》からお手紙が届いていますよお」

「お父様ったら……最近は三日に一度も寄越《よこ》して」

リュシアンは王都に来てから、父親と文通していた。

内容はきちんと結婚相手を探しているのか、仕事は過不足なくこなしているか、何か困ったことはないかというもの。それを、二週間ごとに同じ内容で送っていたのだ。最初はきちんと返事を書いていたが、しだいに忙しくなって放置していた。

それが悪かったのか、半月ほど前からしつこく手紙を送ってくるようになったのだ。

「わたくし、きちんとしていますのに」

「結婚相手探し以外は、ですよね？」

「それはそうですけれど、今シーズンに限っては、コンスタンタン様が婚約者の振りをしてくれますし、なんとか乗り切りますわ」

「それ、旦那様にバレたら、どうするつもりなんですか？」

「お父様に？　バレないと思いますが」

リュシアンの父は多忙《たぼう》だ。リュシアン一人に構っている暇などない。だから大丈夫だと、心配するロザリーを窘《たしな》める。

「もしも旦那様にバレたら、大目玉ですよお。その辺、厳しい御方《おかた》なんですよ？」

「お父様が頑固《がんこ》なのは、重々承知しております。貴族女性にとっての結婚が、いかに重要な役目であるかということも。ですが、わたくしは、この王の菜園の歴史と文化を守り持続させることは、結婚すること以上に大事なことだと思っていますの」

「ええ、ええ。わかっております。けれど、旦那様へのお手紙も、重要ですからね。ここでの生活は、旦那様の許しあってのものですから」

リュシアンは今、王の菜園の再開発をするための支援者を募るパーティーのことで頭がいっぱいだった。しかし、ロザリーがあまりにも心配するので、手紙を書くことを了承《りようしよう》する。

「今晩、時間を作って、返事を書きますわ」

「ぜひ、そうなさってください」

ロザリーを落ち着かせてから、リュシアンはこの日の仕事を開始する。

日が暮れるまで畑で働き、夜はパーティーの準備を行い、くたくたの状態で風呂《ふろ》に入る。

風呂上がりは、素肌《すはだ》にしっかり乳液と美容液を塗《ぬ》り込んでいく。

リュシアンは鏡を覗《のぞ》き込んだ。相変わらず、そばかすは消えていないし、肌も白くなっていない。このまま厚化粧《あつげしよう》を続けていたら、肌の負担になるだろう。

コンスタンタンは人を見た目で判断するような人ではない。けれど、きっと好ましく思うのは、肌が白く儚《はかな》い女性だろう。

肌が白かったとしても、コンスタンタンがリュシアンを選ぶ可能性は低い。いっそのこと、本当の姿を見せたほうが楽になるのではないか。そんなことすら、考えてしまう。

けれどまだ、リュシアンは本当の自分をさらけ出す勇気はなかった。


風呂から上がっても、疲《つか》れは取れなかった。このまま眠《ねむ》れたらどんなに幸せか。

そう思ったが、ロザリーとの約束を忘れてはいけない。

寝惚《ねぼ》けまなこを擦《こす》りつつ、父親から届いた手紙を読む。

いつの間にか、未開封《みかいふう》の手紙は十通もあった。

「お父様ったら、筆マメなんだから」

そんな独り言を呟き、ペーパーナイフで手紙を開封する。

「……リュシアンへ。結婚相手探しは順調だろうか……仕事はきちんとしているか……何か、困ったことはないか……」

五通ほど、まったく同じ内容だった。違《ちが》う点と言えば、父親自身の近況《きんきょう》が書かれているくらいか。馬と散歩しただの、草原で珍《めずら》しい花を見つけただの、些細《ささい》なことばかりだった。

六通目も、きっと内容は同じだろう。

ペーパーナイフを握《にぎ》る元気すら、残っていなかった。退屈《たいくつ》な手紙を前に、眠気はさらに強まってしまう。

時間の無駄《むだ》だと思い、残りの手紙は木箱の中に入れた。リュシアンはペンを手に取り、イン

クを付けながら手紙を書く。

夜会に参加していること、王太子と出会い挨拶《あいさつ》を交《か》わしたこと、王の菜園の近況などを書いた。王太子と話をした件は、きっと父も喜んでくれるだろう。そう確信しながら、リュシアンは封筒《ふうとう》に蝋燭《ろうそく》を垂らし、家紋《かもん》入り印章を捺《お》して封をした。

「これでよし……と」

翌日、ロザリーに頼んで手紙を送ってもらったら、あとは問題ない。

この時のリュシアンは、呑気《のんき》にそんなことを考えていた。

◇◇◇

パーティーまであと数日。準備も最終段階に入る。

参加者の人数は増えることはなかったが、それでも何もしないよりはいい。

リュシアンはパーティーの開催《かいさい》を前向きに考えていたが、コンスタンタンは日に日に元気がなくなっているように思えた。

「ねえロザリー。コンスタンタン様は、ますます元気がないように見えるのですが」

「ええ、いつも通りですよ？　どの辺が、元気がないように見えるのですか？」

「一瞬《いっしゅん》、目を伏せる時の憂《うれ》いの表情とか」

「私、アランブール卿《きょう》の表情の変化、まったくわかりません。というか、無表情以外、見たことがないかもしれないですね」

「わたくしも最初は、常に無表情だと思っていましたが、最近は笑ったり、困ったり、楽しそうにしていたりと、表情が豊かに思えたのですが」

「それはアンお嬢様にだけ、特別な表情を見せているのでは？」

「そ、そうなのですね」

そんなふうに言われたら、照れてしまう。

コンスタンタンの特別という響《ひび》きは、リュシアンにとって嬉《うれ》しいものだった。

「たぶん、パーティーの参加人数が少ないので、憂いていると思うのですが」

「社交というものは、難しいですからねえ」

「ええ」

そんな会話をしていたが、夜に驚くべき知らせが届く。

王太子が、パーティーに参加するというのだ。

後日、それをどこからか聞きつけた者達《たち》が、一気に参加させてほしいという手紙を寄越してくる。参加者は、一気に増えた。

その件に関して、コンスタンタンはリュシアンに謝罪してきた。

「アン嬢、すまない。急に、こんなことになってしまい」

「いいえ、大丈夫ですわ。王の菜園には、豊富な食材がありますから」

むしろ、嬉しい悲鳴である。

パーティーで提供する料理は、前日に下拵《したごしら》えさえしていたら当日はそこまで準備に時間はからない。

「わたくし、頑張りますわ！」

そう言ったら、コンスタンタンは笑みを浮《う》かべる。

笑顔に少々陰《かげ》りを感じたが、リュシアンは気のせいだと思った。

◇◇◇

王太子がパーティーにやって来ることとなり、アランブール伯爵家《はくしゃくけ》の使用人や王の菜園で働く騎士達《きしたち》に緊張《きんちょう》が走っている。

リュシアンは一人、どっかりと構えていた。一方、いつもは飄々《ひょうひょう》としている料理長は、胃の辺りを摩《さす》っている。

「王太子様がここにいらっしゃるなんて、胃が痛い」

そんな彼《かれ》に、リュシアンは優《やさ》しく声をかけた。

「大丈夫ですわ。いつも通りのおいしい料理を提供すればいいだけのことです」

アランブール伯爵家で出される料理はすべておいしい。だから、自信を持つようにと、力強く励《はげ》ます。

「お嬢様がそう言うのなら、頑張ります」

「ええ！」

準備は着々と進んでいく。

そして――ついにパーティー当日を迎《むか》える。

リュシアンは早朝から厨房《ちゅうぼう》に立ち、調理の手伝いをしていた。

担当していたのは、カプレーゼ。一口大のトマトに切り込みを入れ、モッツァレラチーズとバジルを挟《はさ》み、黒胡椒に塩、オリーブオイルをかける。

途中《とちゅう》、料理が載った皿を持ったロザリーが覗き込んできた。

「わあ、そのトマト、可愛いですねえ！」

「ありがとう、ロザリー。あと、そのお料理は？」

「あ、そうだ！　アンお嬢様、味見をお願いします」

ロザリーが持ってきたのは、スティック状の野菜と白いソースが添えてあるもの。バーニャカウダーだ。

細長いニンジンを手に取り、クリームチーズと生クリームで作ったソースを絡《から》めて食べる。

「おいしいですわ」

「では、そのように料理長に報告してきます」

他にも、牛肉の温野菜添《ぞ》え、海老《えび》とパプリカのコンソメジュレ、アボカドソースをかけたローストビーフ、カボチャグラタン、ジャガイモの生ハム巻き、枝豆のムースなど、五十種類ほどの野菜を中心とした料理が作られる。

メインは、リュシアンの作るウサギのミートパイのレシピを使った一品。

次々と焼きあがり、食べやすいようカットされている。

「アンお嬢様、そろそろ準備しませんと」

「そうですわね」

パーティー開始まで三時間。リュシアンは自身の身支度《みじたく》のため、厨房から離れる。

「いやはや、王太子様までいらっしゃるなんて、大ごとになりましたねえ」

「ええ！　きっと、成功すること間違《まちが》いなしです」

ドキドキと、胸が高鳴る。すべてがいい方向に風が吹《ふ》いていた。

リュシアンに用意されたドレスは、ロザリーが一生懸命《いっしょうけんめい》レースとフリルを付けて華《はな》やかな雰囲気にした、薄紅《うすべに》色のドレスである。

「まあ、可愛らしい！　ロザリー、ありがとう」

「いえいえ～」

街に出かけ、流行《はや》りの意匠《デザイン》を学んでから縫《ぬ》い付《つ》けたようだ。

「今の時季は、どこもかしこも、着飾《きかざ》ったお嬢様ばかりでしたからね～。ネタには困りませんでしたよ」

「もしかして、ここ数日眠そうにしていたのは、これを作っていたから？」

「あ～、あはは。まあ、ついつい熱中してしまっただけで」

「ロザリー、本当に、ありがとう」

「アンお嬢様の、晴れ舞台《ぶたい》ですからね」

「ええ」

ロザリーはお喋《しゃべ》りしながらも、リュシアンの髪《かみ》を丁寧《ていねい》に梳《くしけず》る。彼女の輝《かがや》く金の髪を、ティアラのように編み上げ、白百合《しらゆり》を模した髪飾《かみかざ》りを挿《さ》す。

清楚《せいそ》で品のある装いに仕上がる。

「アンお嬢様、お綺麗《きれい》です」

「ありがとう、ロザリー」

リュシアンは夜会に参加した日よりも、緊張していた。

今回、パーティーをするにおいて、リュシアンは料理から大広間の調度品の入《い》れ替《か》え、招待状のカードと封筒選びなど、さまざまな取り決めをしたのだ。

「わたくし、きちんとできていたかしら？」

「完璧《かんぺき》ですよお。さすが、アンお嬢様です！」

「お母様のお手伝いをしていたからでしょうね」

「もう、アランブール伯爵家の女主人って感じでした」

ロザリーの言葉を聞いたリュシアンは、石化したように固まってしまう。

「アンお嬢様、いかがなさいましたか？」

「わ、わたくし、出しゃばっていたのでしょうか？」

「え、そんなことぜんぜんないですよ。どうしてです？」

「だって、アランブール伯爵家の女主人って……普通、赤の他人がここまでしないのでは？」

「あ〜、まあ、そうですけれど、今回に限っては、アランブール伯爵も、アランブール卿も助かっていたと思いますけどねえ。ほら、あの親子、社交とか気を回したりするの、苦手そうに見えますし。あ、もちろん、これらは男性全般《ぜんぱん》に言えることなのですが」

「……」

リュシアンは急に不安になる。毎日忙《いそが》しくて、自分の行いを振り返《かえ》る暇などなかったのだ。

「あの、アンお嬢様、パーティーの前に、アランブール卿とお話ししますか？」

「え、ええ。そう、ですわね」

「では、大丈夫かどうか、聞いてきます」

「お願いいたします」

ロザリーが去ったあと、盛大な溜《た》め息《いき》をつく。

パーティーを開く際、母親がしていたようなことを実行していたが、よくよく考えたら過ぎた行動だったのだ。

事業に関《かか》わっていたからといっても、一家の女主人と同じレベルで取り仕切ることはありえない。

思い返しただけで、頬がかーっと熱くなる。

考え事をしている間に、ロザリーが戻《もど》ってきた。

「アンお嬢様、アランブール卿のお時間は今、空いているらしいです」

「え、ええ。ありがとう」

パーティーが始まる前に、一言謝《あやま》っておかなければ。ロザリーと共に、コンスタンタンの私室に移動した。

コンスタンタンは騎士隊の正装姿でいた。

白い詰《つ》め襟《えり》の服に、金のモール、マントの内側は王の菜園を守る証《あかし》である緑色だ。

夜会の時も着ていたが、改めて見るとカッコイイ。リュシアンは内心思う。

が、コンスタンタンに見とれている場合ではないのだ。

「あの、コンスタンタン様」

「……」

「コンスタンタン様？」

コンスタンタンはリュシアンをじっと見つめたまま、動こうとしない。

いったいどうしたのか。歩み寄って手を振ってみた。

「コンスタンタン様、具合でも悪いのですか？」

「あ…………いや、そんなことはない」

コンスタンタンは基本、無表情なので感情は読み取りにくい。だから、直接聞くしかないのだ。

「どうかなさったのですか？」

「あ、いや、なんでもない」

「でも、ぼんやりしていましたけれど」

コンスタンタンはリュシアンを見つめたまま動かなくなっていた。ということは、リュシアンに問題があったのではないか。

「もしかして、わたくしに何か問題でも？」

ドレス、化粧《けしよう》、髪型《かみがた》はロザリーが世界一素敵《すてき》に仕上げてくれた。この辺は、問題ないだろう。あるとしたら、リュシアン自身にある。

「顔色がおかしかったですか？　それとも、ふるまいがぎこちなかったのでしょうか？」

「いや、違う」

「だったらなぜ？」

「――…………綺麗だと、思ったのだ」

「はい？」

「アン嬢が、綺麗だと」

リュシアンは自身の耳を疑った。念のため、ロザリーを振り返って問いかける。

「ロザリー、今のアランブール卿のお言葉、聞こえた？」

「ええ。アランブール卿は、アンお嬢様がお綺麗で見とれてしまったと、おっしゃっているようですよ」

「まあ！」

ロザリーに通訳をしてもらい、ようやく意味を理解した。

火が出ているのではないかと思うほど、顔が熱くなる。

コンスタンタンはリュシアンを綺麗だと言った。聞《き》き違いではなかったようだ。

ドキドキと胸が高鳴ったが、浮かれている場合ではない。パーティーまで時間がないので、本題に移らなければならなかった。

「あ、あの、わたくし」

「そこに、かけてくれ。茶はいるか？」

「あ、いえ。もう、パーティーが始まりますので」

「そうだな」

勧《すす》められるがままに、長椅子《ながいす》へと腰《こし》かける。コンスタンタンが目の前に座《すわ》って視線が交わった瞬間、言葉に詰まった。

どうにも、落ち着かない。しっかりしていなければいけないのに。

リュシアンは自身を奮い立たせ、熱くなっていた気持ちに蓋《ふた》をした。

「アン嬢、話があると言っていたな」

「はい。その、わたくし……」

はっきり聞かなければ、パーティー中は上の空になってしまう。勇気を振り絞《しぼ》って、思っていたことを口にした。

「今回のパーティーを開催するにあたって、出しゃばり過ぎたのではないかと思い」

「なぜ？」

なぜと問いかけられても、説明するのは酷《ひど》く恥ずかしい。けれど、リュシアンはしっかり言葉にして説明した。

「料理を決めたり、調度品の手配をしたり、使用人に指示を出したり……普通は、女主人がすることです。ただのお手伝いが、することではないのでは？　と思い……」

「アン嬢に、誰かがそう言ったのか？」

「いいえ。わたくしが、自身の行動を振り返って思っただけで」

「そうか」

コンスタンタンは深く頭を下げる。その行動に、リュシアンはぎょっとした。

「すまなかった」

「え？」

「私達は思っていた以上に、アン嬢に頼《たよ》りきっていたようだ」

「そ、そんなことは」

「人を手配することだってできたのに、頼ってしまった」

コンスタンタンは頭を下げたまま、話し続ける。

「私自身、パーティーの開催は初めてで、どのような手配をしていいのかわからなかった。父も、あまり得意ではなかったようで。そんな中で、アン嬢がいろいろと話を進めてくれて、非常に助かっていた。その頑張りを、当たり前のものと受け入れていた私が、一番悪かった。そんな風に思いつめていたとは、夢にも思わず……。改めて、謝罪と感謝の言葉を言わせてくれ」

「コ、コンスタンタン様、頭を、あげてくださいませ」

「いいや、私は本当に、罪深いことをしていた。すまなかった。そして、アン嬢の働きは、素《す》晴《ば》らしいものだった。心から、感謝する」

コンスタンタンは謝罪と感謝の言葉を言い終えたが、それでも頭を上げようとしない。

こうなったら、リュシアンが動くしかない。

立ち上がり、コンスタンタンのいるほうへと回り込む。そして、床《ゆか》に膝《ひざ》を突《つ》き、コンスタンタンの顔を覗き込んだ。

「コンスタンタン様、お願いですから、頭をあげてくださいませ」

「アン嬢！　ドレスが、皺《しわ》になる」

そう言って、コンスタンタンはリュシアンの手を握り、腰に手を添えてゆっくり立たせてくれた。まるで、大切な姫君《ひめぎみ》を誘導《ゆうどう》するかのような、丁寧な動きだった。

こんなに大事にしてもらえる立場ではないのに、リュシアンは泣きたくなる。

コンスタンタンの隣《となり》に座るよう促《うなが》され、大人しく従った。

「なんと、謝っていいものか」

「違うのです。コンスタンタン様、わたくし、パーティーの準備に、やりがいを感じていました」

「そう、なのか？」

「ええ。王の菜園の野菜を使ってメニューを考えるのはワクワクしましたし、使用人のみなさんとああでもない、こうでもないと話し合うのも、楽しんでいました。だから、その、謝らないでください」

「だったら、よかった」

正直に告げて、よかった。コンスタンタンは別に、リュシアンが出しゃばっていたと感じていなかったようだ。深く安堵する。

「しかし、頼りすぎてしまったのは事実だ。何か、働きに応じた報酬《ほうしゅう》をださなければならない。希望するものはあるか？」

ドレスでも、宝石でも、靴《くつ》でもいい。なんでも贈《おく》ってくれるという。

しかし、リュシアンはそんなモノは望まない。

「簡単に手に入らないような品でも、努力して入手する」

「だったら、わたくしをずっとここに置いてくださいませんか？」

「それは――」

珍しく、コンスタンタンは眉尻《まゆじり》を下げて困った表情となる。

「迷惑《めいわく》ですよね……」

「いいや、迷惑ではない。アン嬢がいたら、使用人も騎士も、喜ぶ」

「コンスタンタン様は？」

「私も、嬉しい」

「だったら！」

「ああ、そういうことですの」

内部はいつ歴代の国王が来てもいいように、こまめに手入れがなされているという。

リュシアンはドキドキしながら中へと入った。

「――まあ！」

慎《つつ》ましい外観とは違い、内部は国王が使うにふさわしい内装となっている。

水晶《すいしょう》が惜《お》しげもなく使われたシャンデリアに、大理石の床には真っ赤な絨毯《じゅうたん》が敷《し》かれている。金を使った猫脚《ねこあし》の長椅子に、虎斑《とらふ》模様が美しいオーク材の円卓《えんたく》など、豪奢《ごうしゃ》な雰囲気《ふんいき》にリュシアンはうっとりしてしまう。

「この内装は、そのまま使えそうです」

「そうだな。一世紀前に造られたものらしいが、十分綺麗だ」

部屋の中心に四人がけのテーブルと長椅子、窓際《まどぎわ》に円卓と一人がけの椅子が二つ。

最大六名まで使えそうだ。

「部屋の家具の雰囲気を損《そこ》なわないよう、内部は最大六名のまま、あとは外にテーブルと椅子を置いて、王の菜園の景色を楽しみながら飲み物と料理を楽しんでいただく、という形はどうかなと」

「明日の話し合いの時に、提案してみよう」

「はい」

王の菜園のあぜ道を歩いていると、ロザリーが走ってやって来る。

「ア、アンお嬢様《じょうさま》〜〜！」

「ロザリー、慌《あわ》ててどうかしましたの？」

「大変です！　お屋敷《やしき》のほうに、ランドール卿が！」

「え⁉」

ロイクール・ド・ランドール。それは、リュシアンの幼馴染《おさななじ》みであり、第二王子の親衛隊員でもある。

なぜ、突然《とつぜん》やってきたのか。コンスタンタンにも、知らせは届いていないという。

屋敷に戻り、応接間へと向かう。

ロイクールは脚を組み、客人とは思えない不遜《ふそん》な態度でいた。

「アン、遅いです」

「約束もないのに、どうやって時間を守るというのですか？」

「そうではありません。なぜ、フォートリエ子爵への返事を出さないのかと、聞きたかったのです」

「お父様への返事？　出しましたけれど」

「ならばなぜ、ここに居続けるのですか？」

「なぜ、父との手紙を気にするのです？　お話が、まったくわからないのですが？」

ロイクールは怪訝《けげん》な表情をしながら、懐《ふところ》から書類を出してリュシアンに見せた。

「これは――！」

「あなたと私の、婚約を許可する証書ですよ」

リュシアンはロイクールが差し出した文章を、繰《く》り返し読む。

だが、何回読んでも、リュシアンとロイクールが両家同意の上で婚約を結んだという文章しか書いていない。

「まさか、知らなかったと言わないでしょうね？」

「そ、それは――」

父親の手紙には、そんなことなど書いていなかった。そう思い返していたが、ふと気づく。

あまりにも同じ用件しか書いていなかったので、最新の手紙を何通か読んでいなかったことを。その中に、もしかしたら婚約について何か書かれていたのかもしれない。

リュシアンは血の気が引いて、体がぐらりと傾《かたむ》く。

そんな彼女《かのじょ》を、コンスタンタンが背後から支えてくれた。

「さて。何から話をしましょうか。まあ、とりあえず、座ってくださいよ」

厭味《いやみ》ったらしく言うロイクールの命令に、リュシアンは従いたくなかった。

唇《くちびる》を噛《か》みしめ、ロイクールを睨《にら》みつける。

「おやおや、反抗的《はんこうてき》な態度を取るとは。これから結婚するのに、よくないことですよ、アン。座ってください」

「い、嫌《いや》です」

「アン嬢、いったん座ろう。顔色が悪い」

コンスタンタンがリュシアンの腰を支え、ゆっくりと座らせてくれる。

ロイクールの言葉には激しい嫌悪感《けんおかん》があったが、コンスタンタンの言葉にはまったく嫌な感情は抱《いだ》かない。

それどころか、リュシアンを案じてくれていたので、心遣《こころづか》いに胸が熱くなった。

「不快ですね。なぜ、そのようにくっついて座っているのですか？」

「アン嬢の具合がよくないのが、お前には見えないのか？」

「傍《そば》で支えると？　そんなの、する必要はありません！」

ロイクールは立ち上がり、つかつかとリュシアンのほうへやってくる。

「アン、こちらに来て座るのです。そんな男の傍にいることなど、赦《ゆる》しません」

リュシアンを立ち上がらせるため、ロイクールは腕《うで》に手を伸《の》ばす。

咄嗟《とっさ》に、リュシアンは身を竦《すく》めた。が、ロイクールが腕を掴《つか》むことはなかった。

コンスタンタンが、ロイクールの手首を掴み、行動を阻《はば》んでいるからだ。

「な、何をするのですか⁉」

「嫌がっているのが、わからないのか？　それに、具合を悪くしているアン嬢を無理矢理《むりやり》立たせるなど、ありえない」

「なっ‼」

ロイクールは頭に血が上ったのか、みるみるうちに顔を真っ赤にしていく。

あろうことか、止《とど》めの一言をリュシアンが言ってしまった。

「ランドール卿、帰ってください。わたくしは、あなたが、怖《こわ》い……」

「なん、ですって？」

「結婚《けっこん》も、できません」

「何を言っているのですか？　親の決めた結婚は絶対です。あなたは、そのために育てられたはずです」

「わかっています。わかっているのですが……無理なのです」

ロイクールはコンスタンタンに掴まれていた手を払《はら》いのけ、リュシアンの頬《ほお》を叩《たた》こうと手を振《ふ》り上《あ》げる。

リュシアンは叩かれると思い、目を瞑《つぶ》った。

衝撃《しょうげき》は――こない。

コンスタンタンがリュシアンの体を抱《だ》き寄《よ》せ、庇《かば》ってくれた。

結果、ロイクールはコンスタンタンの頭部を叩くこととなる。

「うぐっ!!」

声を上げたのは、ロイクールだった。

どうやら、コンスタンタンの頭部で突き指《ゆび》をしてしまったようだ。

手を摩りながら、涙目でリュシアンを睨んでいる。

「そもそも、あなた達は、正式な婚約《こんやく》を結んだと、嘘《うそ》を吐《つ》いていたのですね？」

「それは……」

「そうだ」

コンスタンタンは潔《いさぎよ》く、嘘を認めた。

「だが、アン嬢に結婚を申し込んでいたのは、本当だ」

「え？」

「アン嬢、黙《だま》っていてすまなかった。父が申し込んでいたようだが、一足遅《おそ》かった」

「そ、そう、だったのですね」

どうやら、コンスタンタンはリュシアンの婚約を知っていたらしい。

知らないのは、リュシアンだけだったようだ。

「コンスタンタン様は、お嫌ではなかったのですか？」

「アン嬢との結婚が、か？」

「ええ」

「嫌なわけがないだろう」

「コンスタンタン様……！」

リュシアンは、アランブール伯爵家で迎えられるべき女性に相応《ふさわ》しいと言われたようなものである。

嬉しくなって、頬が上気していくのを感じていた。

「あなた達は、いつまでくっついているのですか！　アン、このような小癪《こしゃく》な男から、離《はな》れるんです！」

再び、ロイクールはリュシアンに手を伸ばす。が、またしてもコンスタンタンに阻まれた。

「あなたは、どうして自分の婚約者《こんやくしゃ》でもないのに、邪魔《じゃま》をするのですか？」

「アン嬢が、嫌がっているからだ」

「いいえ、アンは、嫌がっていません！」

「嫌ですわ」

「……」

リュシアンはコンスタンタンの胸にしがみつく。

彼の腕の中にいたら、絶対に安全だという安心感があった。

「アン、あなたは、騙《だま》されているのです。都会の男にたぶらかされて、浮かれているだけなんですよ。時期がきたら、捨てられる結末は目に見えています」

「コンスタンタン様はそのような男性ではありません」

「アン水準《レベル》の女なんて、星の数ほどいるのです」

「でしたら、わたくしと結婚せずに、星々の女性にアプローチをされてはいかが？」

「……」

ああ言えばこう言う。

ロイクールは次々とコンスタンタンの悪口をまくし立て、二人の仲を裂《さ》こうとしていた。

最後に、宣戦布告を受ける。

「今から、王太子殿下《でんか》にあなた方の嘘を報告しに行きます！　いいですね？」

これには、リュシアンも返す言葉が見当たらない。不安げに、コンスタンタンを見上げる。

「好きにしろ」

「え？」

「いいから、報告してこいと言っている。早く行け」

「あ、え……、わ……わかりました。今から、報告にいきます。あとで泣きを見ても、知りませんからね!!」

ロイクールは大股《おおまた》で応接間を出て行き、帰っていった。

コンスタンタンとリュシアンは、抱き合《あ》った姿のまま、呆然《ぼうぜん》とする。

嵐《あらし》のような時間だった。

「コンスタンタン様……」

「大丈夫《だいじょうぶ》だ。王太子殿下に、ランドール卿に会う時間など、あるわけがない」

そう言って、コンスタンタンはリュシアンの背中を優しく撫《な》でてくれた。

堅物騎士は、お嬢様を励ます

リュシアンの婚約者は、コンスタンタンにとっていけ好かない男ロイクール・ド・ランドールだった。

尊大な態度でアランブール邸《てい》を訪《おとず》れ、勝《か》ち誇《ほこ》ったようにリュシアンとの婚約を主張してきたのだ。

リュシアンは多忙《たぼう》を理由に、父フォートリエ子爵の手紙を読んでいなかった。

この状況《じょうきょう》を作り出したのは、他でもないコンスタンタンだ。

パーティーの準備がなかったら、手紙を読んでいただろう。

しかし、手紙を読んでいたからといって、婚約が覆《くつがえ》ることはない。娘《むすめ》の結婚は、父親が決める。そこに、娘の意思は絡んでこないからだ。

だから、手紙を読んでいても、結果は同じ。ただ、リュシアンはあの場でロイクールとの婚約を知り、ショックを受けることはなかっただろう。

すぐさま、父親の手紙を確認したほうがいいと勧めたが、リュシアンは「怖い」と震《ふる》えている。

「だったら、一緒に確認しよう」

「……はい」

ロザリーを伴《ともな》い、リュシアンの部屋に向かった。

独身女性の私室に入ることは、あまりいいことではない。しかし、今日ばかりは特別だ。

ロザリーに勧められ、長椅子に座る。その向かい側に、リュシアンは力なく腰かけていた。

「アンお嬢様、旦那様《だんなさま》からのお手紙は、こちらに」

リュシアンは銀盆《ぎんぼん》に載《の》った手紙を、手に取ろうとしない。気の毒だと思うほどに、落ち込んでいる。

フォートリエ子爵からの手紙は、視界にも入れようとしていなかった。

「アンお嬢様、こちらのお手紙、アランブール卿《きょう》に確認していただきますか？」

「そ、それは、迷惑、かと」

「私は構わない」

「だそうですよ？　お願いしましょうよ」

「コンスタンタン様、本当に、よろしいのですか？」

「アン嬢がいいのならば」

「でしたら、お願いいたします」

リュシアンは深々と頭を下げる。コンスタンタンは頷《うなず》き、手紙を手に取った。ペーパーナイフを使って開封《かいふう》する。もう一度先に読んでいいのか確認したあと、手紙の文字に目を走らせた。

一通目には、結婚相手は決まらないようなので、フォートリエ子爵のほうで探すとあった。

二通目には、婚約者を決めたので、実家に戻るようにと書かれている。

三通目には、婚約者はロイクール・ド・ランドールとはっきり書かれていた。彼《かれ》は騎士《きし》になったので、将来王都で暮らすことになりそうだとも。

「とにかく、一旦《いったん》帰って来るようにと、書かれている」

「そう、でしたか。ありがとうございます」

想像していた内容が、そのまま書かれていたのだろう。リュシアンの震えは、収まらない。

コンスタンタンはすぐさま、ロザリーにリュシアンを励《はげ》ますよう目配せした。ロザリーは頷き、リュシアンの隣に座るとリュシアンの手を握《にぎ》って元気づける。

「これから……わたくしはどうすれば……」

貴族の慣習に従うのであれば、リュシアンは今すぐ実家に戻らなければならない。

ただ、コンスタンタン個人の感情を前面に押《お》し出《だ》すのであれば、この結婚は反対したかった。

どちらを選択《せんたく》すべきなのか。わかっているが、口にはできない。

まずは、父グレゴワールに現状を報告しなければならない。

パーティーの前に、グレゴワールにリュシアンの事情を話して、婚約者の振りをしていたことを説明していた。グレゴワールは「困ったなあ」と言ったきり、咎《とが》めることはしなかった。

賛成も反対もしなかったので、今回の件も同じことを言いそうな気がする。

だが、以降は勝手に判断し、実行するわけにはいかない。

「ひとまず、私は父と話をしてくる」

「わたくしのせいで、申し訳ありません」

「いや、気にするな。この問題には、私も加担しているゆえ」

リュシアンはロザリーに任せておけば大丈夫だろう。確かな絆《きずな》が、二人の間にはある。

コンスタンタンは現状を打開するため、人生の先輩《せんぱい》であるグレゴワールに相談することにした。


「——なるほど、そういうわけだったのか」

グレゴワールは、「困ったなあ」と呟《つぶや》く。

想像していた通りの反応だ。

「しかし、嫌がる相手と結婚させるのは、気の毒だ。もしかしたら、フォートリエ子爵は知らないのかもしれないが」

ただ、リュシアンも貴族の家に生まれた身。父親から命じられた結婚は絶対なのだ。

最大の問題は、結婚相手である。

「ランドール家か……。うちよりも歴史は浅いが、あそこは財産があるからな。関係を結びたい貴族は、ごまんといるだろう」

リュシアンの実家は裕福《ゆうふく》だ。ランドール家の財産目的ではないだろう。

ロイクールとリュシアンは、幼少時から顔見知りだったようだ。相応しい相手が見つからなければ、ロイクールと結婚させようと以前より考えていたのかもしれない。

「一刻も早く、フォートリエ子爵と話をしたほうがいい」

「そう、ですね。アン嬢は、一度、父親と話したほうがいいかと」

「リュシアン嬢ではない。フォートリエ子爵と話をするのは、コンスタンタン、お前だ」

「私が？」

「他に誰《だれ》がいるんだ？　ランドール家の坊《ぼっ》ちゃんに喧嘩《けんか》を売っておいて、何もしないわけにはいかないだろうが」

「それは――」

リュシアンが花嫁《はなよめ》となってくれるならば、これ以上の幸せはないだろう。

ただ、彼女はどうだろうか？

「以前、アン嬢は結婚しないと言っていて」

「お前は、一度でも二度でも、結婚を申し込んだのか？」

「いいえ」

「だったら、申し込むべきだ。女性の考えなんて、天気のようによく変わるぞ。お前のように、やると決めたらやるというような鋼《はがね》の意志を持つ者なんて、いない」

「……」

いないと、言い切られてしまった。

「いいか、コンスタンタン。やって後悔《こうかい》するより、やらないで後悔するほうが心の負荷《ふか》は大きいそうだよ。一度、ダメもとで結婚を申し込んでみてほしい。私も、お前の母さんは病弱で、何度も結婚《けっこん》を申し込んで断られたが、最終的には結婚を許してもらったぞ」

グレゴワールの言う通り、一度結婚を申し込んでみるのもいいのかもしれない。

断られたとしても失うものはないし、コンスタンタンがリュシアンを守りたいという気持ちは揺《ゆ》るがないからだ。

「しかし、アン嬢が結婚を受けたとしても、当主が決めた結婚は覆らないのでは？」

「普通《ふつう》はそうだ。しかし、お前には切り札があるだろうが」

「切り札？」

グレゴワールはニヤリと微笑《ほほえ》みながら言った。

「王太子殿下、だ」

とりあえず、王太子に連絡《れんらく》すべし。

父親からの助言を受け、コンスタンタンは手紙を書《か》き綴《つづ》る。

一応リュシアンには、嘘の婚約関係であったことを王太子に白状すると伝えてある。

これ以上嘘をつき続けることはよくないことだ。

二人で話し合い、納得《なっとく》してから手紙を書いている。

昼休みに、コンスタンタンは直接王宮に手紙を運ぶことにした。

王太子の離宮《りきゅう》でコンスタンタンを出迎《でむか》えたのは、元同僚《どうりょう》のクレールだった。

「おお、コンスタンタンじゃないか。どうしたんだ、先触《さきぶ》れもなく来るなんて」

「今日は王太子殿下に手紙を届けに来ただけなんだ。これを、渡《わた》しておいてくれないか？」

「いや、会っていけばいいじゃないか。今、手が空いているようだし、コンスタンタンと話がしたいって、昨日の夜に言っていたんだ」

そう言って、クレールは無理矢理コンスタンタンの肩《かた》を押し、王太子のもとへと連れて行った。

王太子は昼食後の紅茶を楽しんでいたらしい。休憩《きゅうけい》中に押しかける形となり、コンスタンタンはひたすら恐縮《きょうしゅく》している。

「コンスタンタン、君はいつまで経《た》ってもお堅《かた》いね。婚約者のリュシアン嬢は、そんなところが好きなのかな？」

どうやら、結婚祝《けっこんいわ》いは何がいいか、聞きたかったようだ。

「王太子殿下、その、婚約の件なのですが――」

「どうかしたのかい？」

「実は、事情がありまして」

結局、手紙ではなく、直接説明することとなった。

リュシアンは結婚する気はなく、王の菜園で働くことを望んでいること。幼馴染みであるロイクールとは、相性《あいしょう》がすこぶる悪いこと。ロイクールの求婚《きゅうこん》を断るために、嘘の婚約関係を結んだこと。それなのに、フォートリエ子爵はロイクールと婚約を結んでしまったこと。コンスタンタンは淡々《たんたん》とこれまでのいきさつを語る。

「つまり、コンスタンタンが遠慮《えんりょ》している間に、掻《か》っ攫《さら》われてしまった、と」

「それは――はい」

コンスタンタンは素直《すなお》に認める。いつしかリュシアンを愛するようになっていたが、自分なんかが相手をしてもらえるわけがないと、結婚を申し込めなかったのだ。

「本当に、ふがいなく思っています」

「いいや、気にすることはない。恋《こい》とは、人を臆病《おくびょう》にするものだからね。重要なのは、これからどうするか、という点だよ」

王太子は、優雅《ゆうが》に紅茶を飲み、絶妙《ぜつみょう》な角度で首を傾《かし》げながら問いかける。

「それでコンスタンタン、君は、どうするつもりだい？」

気持ちは、もちろん固まっている。王太子をまっすぐ見て、コンスタンタンは答えた。

「私は、リュシアン嬢に結婚を申し込もうと思っています。もちろん、婚約者が決まっている相手に申し込むなど、ありえないことだとは存じていますが」

「そうだね。世間的には、略奪《りゃくだつ》になるだろう。けれど、事情が事情だ。致《いた》し方《かた》ない。私も、リュシアン嬢を知っていて、君とよくお似合いだってところは見ている。だから――」

王太子は秘書に合図を出し、ペンとインクと紙、印鑑《いんかん》と朱肉《しゅにく》を持ってくる。

さらさらと何かを書いて、印鑑が押される。そして、秘書の持つ銀盆に戻《もど》された。

銀盆の上の紙は、すぐさまコンスタンタンへ運ばれた。

「こ、これは――」

「略奪への勝利の武器だよ」

紙に書かれてあるのは、コンスタンタンとリュシアンの結婚を、何があろうと支持するというものだった。

「王太子殿下……本当に、よろしいのですか？」

「いいよ。ずっと、長年における働きの褒美《ほうび》を、渡したいと思っていたからね。ただ、この紙に婚約を破棄《はき》させる強制力はない。最終的に判断するのは、リュシアン嬢の父親だ。断られたその時は、どうするか自分で考えるんだ。わかったね？」

「はっ！」

コンスタンタンは立ち上がり、床に片膝《かたひざ》を突く。

そして、王太子に向かって深々と頭を下げた。

「心から、感謝します」

「いいって。君、まだリュシアン嬢に求婚していないのだろう？　もしも断られたら、それ、使ったらダメだからね」

「それは、わかっております」

リュシアンに結婚を断られたら、潔く諦《あきら》めるしかない。

「そっか。そのパターンがあるのか。もう一枚、書かないと」

そう言って、王太子は二枚目を書き始める。

「たぶん、必要ないと思うけれど、何があるかわからないから、サービスで」

再び、紙はコンスタンタンに差し出される。

それは、リュシアンとロイクールの婚約の破棄を促すものだった。

「王太子殿下……本当に、ありがとうございます！」

「おまけだから。コンスタンタンは、どうするつもりだったのかい？」

「ランドール卿へ、決闘《けっとう》を申し込むつもりでした」

「なるほど。古き良き、略奪方法だ」

リュシアンのために剣《けん》を抜《ぬ》く予定だったが、王太子のおかげで平和的に解決しそうだ。

「話は以上かな？」

「申し訳ありません。もう一件だけ」

ロイクールが、コンスタンタンとリュシアンの婚約は嘘であると報告しにくると言っていた話を伝えた。

「ああ、彼なら、すでに面会の申し込みがあった。忙《いそが》しいことにして、取り合わなかったけれど」

「申し訳ありません」

「気にしなくてもいい。あとの対処は、秘書に任せているから」

「寛大《かんだい》な御心《みこころ》に、感謝します」

「わかったから。一刻も早くリュシアン嬢に求婚して、安心させるんだよ」

「はい」

コンスタンタンは王太子に何度も礼を言い、離宮をあとにする。

あとは、リュシアンに求婚し、彼女の答えを聞くばかりであった。

はやる気持ちが馬にも伝わっていたのか、いつもだと帰宅に一時間半かかるところが一時間で到着《とうちゃく》してしまった。

もしも、求婚を断られたとしても、ロイクールとの結婚は絶対に認めるわけにはいかない。

まずは一刻も早くリュシアンと会って、大丈夫だと安心させたい。

震える彼女を思い出すと、胸が切なくなる。

ロイクールはなぜ、リュシアンがあんなに嫌がっているのに結婚を強要していたのか。

まったく、理解ができない。

考え事をしながら馬から下りると、王の菜園の入り口に誰かが蹲《うずくま》っているのが見えた。

あれは——ロザリーである。なぜか、猟犬《りょうけん》も一緒だ。

いったい、何をしているのか。

ロザリーはコンスタンタンに気づくと、一目散に駆《か》けてくる。

「アランブール卿!!」

ロザリーだけでなく、リュシアンの猟犬も駆けてきた。

「どうしたのだ?」

「アンお嬢様が、アンお嬢様が……ううっ!」

驚《おどろ》くべきことに、ロザリーは大粒《おおつぶ》の涙を流していた。彼女の暗い表情を見るのは、初めてである。

猟犬も「ガウガウ」と激しく吠《ほ》えていたので、この場は混沌《こんとん》と化する。

「いったん落ち着け。話はそれからだ」

その場に蹲ってしまったロザリーを立たせ、体を支えてやる。猟犬は何も言わずとも、あとを付いてきた。

馬は門番をしていた部下に預け、屋敷のほうへと向かう。

その間、ロザリーは貧血を起こして倒《たお》れてしまった。コンスタンタンはロザリーを背負い、王の菜園のあぜ道を歩いていく。

グレゴワールが、玄関先《げんかんさき》でコンスタンタンの帰りを待っていた。

明らかに、おかしい。何かが、起こったと言っているようなものだった。

「父上、いったい何が起こったのですか？」

「リュシアン嬢が、さらわれてしまったんだ」

「いったい、誰に⁉」

「うちに、何度か来ていただろう？　ロイクール・ド・ランドールといっていたか」

言葉を失う。

家から出てきたメイドにロザリーを託《たく》し、詳《くわ》しい話をグレゴワールから聞くこととなった。

「――リュシアン嬢は、ニンジンの収穫《しゅうかく》をしていたんだ。午後から、ニンジンでグラッセを作ると言って、張り切っていたようなんだが」

一時間後に、ロザリーが茶を淹《い》れに行っている間に事件が起こる。

茶と菓子《かし》を持って畑に戻ってきた時、リュシアンの姿は忽然《こつぜん》と消えてしまったようだ。

当時、ニンジン畑の周辺には誰もおらず、リュシアンは一人で作業をしていた。

「まさか、忍《しの》び込んでアン嬢を――」

王の菜園は日光を遮《さえぎ》らないように、高い壁《かべ》などない。巡回《じゅんかい》の騎士もいるが、広大な菜園に十五名と、多くは配置されていなかった。

つまり、隙《すき》はいくらでもあって、リュシアンの誘拐《ゆうかい》を可能とする状況にあったようである。

ただ、畑には農業従事者もいる。こっそり連れ去ることは難しいように思えたが――。

グレゴワールは、渋《しぶ》い表情で話を続ける。

「出入りの商人と一緒に、入ってきたそうだ。対応したメイドが、見覚えがある男が一緒だったと。特徴《とくちょう》を聞いていたら、彼しかいないと」

騎士の恰好《かっこう》はしておらず、商人のような出《い》で立《た》ちでいたのだとか。最近、出入りの業者が増えていたので、誰も不審者《ふしんしゃ》だと思わなかったのだという。

「目撃《もくげき》情報を調べた結果、リュシアン嬢を攫ったのは、ロイクール・ド・ランドールで間違《まちが》いないだろうと」

コンスタンタンは弾《はじ》かれたように立ち上がる。

「父上、今からアン嬢の救出に向かいます。しばし、王の菜園を、任せてもいいでしょうか？」

「ああ、構わない。腰《こし》も、ご覧の通りよくなったからな。事業の話も、ドラン商会のドニ殿《どの》と話し合って、進めておこう」

「深く、感謝します」

許可が出たならば、すぐに出発しなければならない。部屋から出ると、ロザリーがいた。まだ、顔色は青い。

「アランブール卿！」

「安心しろ。アン嬢は、私が必ず助ける」

「はい……！」

どうやら、ガチョウのガーとチョウもいないらしい。幸いと言うべきか、リュシアンは一人で攫われたわけではないようだ。

おそらく、リュシアンは実家に連《つ》れ戻されたのだろう。

なぜ、本人の意思を無視して強硬《きょうこう》な手に出るのか。

先ほどまで、ロザリーにくっついていたリュシアンの猟犬も、一緒《いっしょ》に行くと鼻息荒《あら》い状態でいる。

「馬と犬が一緒に走ることは難しい……。気持ちだけ、いただいておく」

従僕《じゅうぼく》が三日分の荷造りをしてくれていた。リュシアンの実家であるフォートリエ子爵領まで、三日かかる。

「若様、どうか、お気を付けて」

「ああ、わかっている」

剣の他に、小ぶりのナイフと弓矢を持った。もしもの時を考えて、救急道具も持って行く。

その様子を見たグレゴワールが、一言物申す。

「コンスタンタン、お前は、戦いに行くのではないからな？　あくまでも、穏便《おんびん》に解決するのだぞ？」

「もちろん、そのつもりです」

武装を固めた状態では、まったく説得力がなかったのだろう。

グレゴワールは床《ゆか》に膝《ひざ》を突《つ》き、「神様、どうか息子《むすこ》とリュシアン嬢に平和を」と祈《いの》り始めた。

出発間際《まぎわ》に、ロザリーが包みを抱《かか》えて走ってくる。

「アランブール卿、こちらを！」

「これは？」

「アンお嬢様が、喫茶店に出すお菓子や料理の試作品を作っていたんです」

果物のシロップをたっぷりしみ込ませたパウンドケーキに、生姜《しょうが》入りのクッキー、カボチャのタルトに、ウサギパイ——どれも、コンスタンタンと試食をしようと、作りだめしていたようだ。

「旅の途中《とちゆう》で、召《め》し上がってください」

「ありがとう」

こうして、コンスタンタンはリュシアンの料理と共に旅立つ。

ロイクールは王都に滞在《たいざい》していたと聞く。

ランドール家のタウンハウスにリュシアンを連れて行った可能性もある。

念のため確認に行ったが、ロイクールは執事《しつじ》に数日家を空けると言って出かけていたようだ。

騎士隊にも、休暇《きゅうか》を申請《しんせい》していた。

ロイクールは間違いなく、フォートリエ領へ行ったのだ。

問題は、他にもある。

ロイクールはリュシアンを馬車で連れ去ったのか。それとも、馬を単独で駆り、抱えて連れ去ったのか。

どちらにせよ、単騎《たんき》で馬を走らせたら、すぐに追いつくことができるだろう。

問題は、フォートリエ領までの道のりが二つある点だ。

平坦《へいたん》でなだらかな道は、三日かかる。街道《かいどう》は舗《ほ》装《そう》されていて、馬車の走行も可能だ。

もう片方の勾配《こうばい》が強く険しい道は道幅《みちはば》が狭《せま》く、馬車は通れない。さらに、鬱蒼《うっそう》とした木々が生《お》い茂《しげ》っており、昼間でも不気味な雰囲気である。

コンスタンタンも一度、演習に行く際に馬で通ったことがあったが、男性でもキツイ道のりだ。

いくらロイクールが外道《げどう》とはいえ、女性を馬に乗せて通るとは思えない。

コンスタンタンは三日かかるほうの道を選択する。

一日目はすれ違《ちが》う馬車を一台一台確認しながら走っていたが、思っていた以上に時間がかかってしまった。今回の旅は、私的なものだ。騎士隊の制服を着ているわけではないので、馬車を停《と》めることに苦労してしまったのだ。

幸い、アランブール家の家紋《かもん》が彫《ほ》られた懐中時計《かいちゅうどけい》を持っていたおかげで、不審者だと思われずに済んだが。

それでも、コンスタンタンは深く落ち込んでしまう。

懸命《けんめい》の捜索《そうさく》も虚《むな》しく、リュシアンは見つからなかった。

二日目、第二の都市の検問に行き、馬車の通行記録を調べさせてもらう。

騎士隊の身分証明書を示したら、快く見せてくれた。

だが、ロイクールの名前は書かれていない。手を貸していたと思われる商人の名前もだ。

基本、通行書は偽造《ぎぞう》できないが、他の商人の手を借りた可能性もある。

コンスタンタンの胸は、締《し》め付《つ》けるように苦しくなった。

選択を間違ってしまったのか。

もう一つの道を選んでいたとしたら、リュシアンは辛《つら》い思いをしているだろう。

目の前が真っ暗になるような絶望に襲《おそ》われる。

しかし今は、前に進むしかない。

だが、馬もコンスタンタンも、休憩が必要だ。しばし、宿屋で仮眠《かみん》を取ることとする。

宿は厩《うまや》に綺麗《きれい》な藁《わら》が敷いてある場所を選択した。コンスタンタン自身の部屋は、気にしない。

寝台《しんだい》さえあれば、休めると思っていた。

案内された部屋は、寝台があるばかりの簡素なものであった。

布団《ふとん》は薄《うす》く、シーツにも染《し》みがあった。

一晩明かすわけではないので、問題はない。そう思って横たわったものの、目を閉じても眠《ねむ》れない。昼間だから、というのもあるだろうが、一番はリュシアンのことが気がかりで眠れないのだろう。

しかし、ここで眠っておかなければ、コンスタンタンがダメになる。

ふと、出発してから何も口にしていないことに気づいた。

一度起き上がり、リュシアンが作った菓子を食べることにする。カボチャのタルトは、少しだけ潰《つぶ》れていた。それを、一口で食べる。

じっくり煮《に》込まれたカボチャのクリームは甘《あま》い。コンスタンタンの疲《つか》れを溶《と》かし、なくしてくれるような優《やさ》しい甘さだ。

強張《こわば》っていた心は、自然と安らかになる。

コンスタンタンは再び寝台に横たわり、目を閉じた。

今度は、すぐに眠ることができた。

その後、すっかり元気になったコンスタンタンは、馬に跨《また》がって街を出る。

馬と自身を休憩させながら、フォートリエ領までの道のりを急いだ。

三日目、ようやくフォートリエ領に到着する。

「ここが――」

のどかな、フォートリエ領。

見渡《みわた》す限りの畑と、小高い丘《おか》には風車が回っている。

子ども達《たち》は駆けまわって遊び、町には馬や山羊《やぎ》が闊歩《かっぽ》していた。

ここが、リュシアンが育った地。そう思ったら、ジンと胸が熱くなる。

広大な自然に囲まれたこの土地が、元気で明るいリュシアンを育ててくれたのだ。

ぼんやりと眺《なが》めていたら、二十歳《はたち》前後の青年に声をかけられる。

「旦那《だんな》さん、領主様に御用《ごよう》ですかい？」

「ああ、そうだが」

「領主様のもとまで、案内しましょうか？」

「頼《たの》む」

「お馬さんはいかがなさいます？」

「どこかで預かってもらえると助かるのだが」

「では、宿屋に預けてきますね」

「ああ、頼む」

コンスタンタンは先に、チップを手渡《てわた》した。青年は嬉《うれ》しそうに受け取る。

宿屋から戻ってきた青年は、すぐに道案内を開始してくれた。

リュシアンの実家は、丘のほうにある立派な邸宅《ていたく》だ。

アランブール家のものよりも、ずっと大きい。

冬野菜が実る畑の間を通《とお》り抜け、木漏れ日《こもび》が明るく差し込む森を通り、坂を登っていく。

村から三十分ほどで、家の周囲を塀《へい》で取り囲んだ門に到着する。コンスタンタンは青年に、再度チップを手渡した。

青年が門番に話をすると、中に入ることができた。

美しく手入れがなされた庭を見ながら並木道を真《ま》っ直《す》ぐ進むと、フォートリエ子爵家《ししゃくけ》の玄関《げんかん》口《ぐち》へと案内される。

門で一回身分を証明したのちに待たなければならないかと思っていたが、案外すんなり入ることができた。

「ありがとう。助かった」

「いえいえ、こちらこそ」

「身分は、確認《かくにん》しなくてもよかったのか？」

「はい。俺《おれ》は領主様に、案内を任されているんです。見知らぬ人がいた時は、声をかけて案内してほしいって。きちんとした人ならば、案内し終えたあとチップをくれる。さらにきちんとした人ならば、案内する前と後にチップをくれる。そのような人物であったならば、そのまま屋敷《やしき》の中まで案内してほしいと。金払《ばら》いのいい人は、もれなく領地にいい話をもたらしてくれる場合が多いそうです」

「それだったら、金を持つ悪い奴《やつ》はどうするのだ？」

「お金を持っている悪い奴は、もれなくケチだというのが、領主様の見解らしいです。加えて、そういう奴は俺達《おれたち》みたいな村人はすぐに見下して、雑な扱《あつか》いをします。そういう人は、門の前で待っていただいて、入れるか入れないかの判断は、執事さんがするんですよお」

一方、コンスタンタンは最初から最後まで、紳士的《しんしてき》な態度を崩《くず》さなかった。

ここに来るまで、金払いだけでなくふるまいも見ていたのだという。

「なるほど、な」

「はい！　旦那さんは、安心して案内できる、きちんとしたお客さんです。では、ここの執事さんを呼んできますね」

青年は裏口まで向かった。

とうとう、リュシアンと会えるのだ。そう思ったら、胸が高鳴った。


すぐにコンスタンタンは中へと案内された。応接間で、従僕に事情を説明する。

自分はリュシアンが身を寄せていたアランブール伯爵家《はくしゃくけ》のコンスタンタンで、急に姿を消してしまったリュシアンを心配し、やってきたと。

すると、従僕は驚いた表情を浮《う》かべていた。

「お嬢様《じょうさま》が、ランドール家のご子息に連れ去られたと？」

「ああ。何も言わずに、突然《とつぜん》いなくなった。すぐに、フォートリエ子爵に知らせてほしい」

「は、はい」

従僕の動揺《どうよう》する様子を見て、不安が過《よぎ》る。もしや、リュシアンはここにいないのでは？　そんな想像すらしてしまった。

ほどなくして、リュシアンの父であるフォートリエ子爵がやってきた。

口元にたっぷりと髭《ひげ》をたくわえた、貫禄《かんろく》ある人物であった。

天使のようなリュシアンの父親とは思えないほど、顔は厳《いか》つい。

「君が、アランブール卿か」

「はじめまして」

手を差し出されたので、握手《あくしゅ》を交《か》わす。

剣を握って皮膚《ひふ》が厚くなっている騎士同様、フォートリエ子爵の手の平の皮膚は硬《かた》かった。

おそらく、毎日農具を握っていたため、このようになっているのだろう。

領主であるが畑仕事をしているという一風変わった話は、リュシアンから聞いていた。

「さっそく本題に移るが、娘リュシアンは、まだ、うちへは帰っていない」

「！」

後頭部を金槌《かなづち》で殴《なぐ》られたような衝撃《しょうげき》に襲われる。

ロイクールは、リュシアンを実家に帰したのではなかったようだ。

では、どこに連れて行ったのか。

百歩譲《ゆず》って、婚約者という立場からリュシアンを実家に連れ帰ったというのならばよかった。

アランブール伯爵家に何も言わずに連れて行くのは問題だが、世間的には大きく騒《さわ》ぎ立てることではない。

しかし、直接ロイクールの実家に連れて帰ったのだとしたら、立派な誘拐となるだろう。

まだ結婚《けっこん》していないので、ありえないことだった。

コンスタンタンは弾かれたように立ち上がるが、フォートリエ子爵より制止される。

「落ち着け。座《すわ》るんだ」

「しかし！」

「いいから、座れ」

命令されて、コンスタンタンは長椅子《ながいす》に腰を下ろす。

「なるほどな。アンの傍《そば》に、君のような男がいたから、ロイクールは焦《あせ》ってアンを連れて実家に帰ったというわけか」

「それは――」

ロイクールの敵対視はひしひしと感じていた。コンスタンタンの存在が仇《あだ》となっていたことは否定できない。

「アンの手紙に書いてあるアランブールが君のことだったと気づいたのは、結婚の申し出があった後だった」

「そう、でしたか」

「必要以上に親切にしてもらっているとは思っていたが。まあ、よい。連れ去られた時の情報を教えてくれ」

「突然、前触《まえぶ》れもなく、ランドール卿が連れて行ったそうです」

「……」

フォートリエ子爵は眉間《みけん》に皺《しわ》を寄せ、深い溜《た》め息《いき》を落とす。

「ランドール家とは、今まで良好な関係を築いていたつもりだった。しかし、その子息が、そんな真似《まね》をするとは……」

ランドール家は、フォートリエ子爵領より南の、国境に沿った地域を領する一族である。辺境伯《へんきょうはく》の爵位《しゃくい》を賜《たまわ》る、歴史ある名家だ。

フォートリエ子爵領とは隣《とな》り合っているため、大昔から付き合いがあったのだとか。

「ちょうど、ロイクールが王都で騎士になったと聞き、ちょうどいいと思っていたのだが――」

リュシアンからの手紙には、王都での暮らしが楽しくてたまらないと書かれていたようだ。そのため、同じく王都にいるロイクールと結婚させようと思ったのだという。

「彼女《かのじょ》は、ランドール卿との結婚を嫌《いや》がっていたようでした。そのため、私はリュシアン嬢《じょう》の婚約者《こんやくしゃ》の振《ふ》りをして、彼から遠ざけていたのです」

「ふむ。君は、そんなことをしていたのだな」

「勝手な行為《こうい》を働いてしまい、申し訳ありません」

フォートリエ子爵の視線が、鋭《するど》くコンスタンタンに突き刺《さ》さった。

深く、頭を下げるしかない。

「しかし、父君から結婚の申し出があったということは、少なくとも君はアンを妻に迎《むか》えてもいいと、思っていたのだな」

「それは……はい。その通りです」

「ではなぜ、婚約者の振りをせず、すぐに結婚を申し込まなかった？」

「私にはもったいない女性だと、思ってしまったからです」

「アンが、もったいなく思うような娘だと？」

「はい」

コンスタンタンはフォートリエ子爵の目をまっすぐ見て答えた。

すると、フォートリエ子爵は腹を抱えて笑いだす。

「あの、何か、おかしなことを言いましたか？」

「いいや、そうじゃない。君がアンを、高嶺《たかね》の花《はな》のように扱うから」

「高嶺の花だと思っておりますが」

そう答えたら、さらに笑いだす。

「アンはランドール辺境伯に頭を下げて頼み込み、渋々《しぶしぶ》了承《りょうしょう》してもらったのだ。息子も、同様だったと聞いている。まさかアンを、高嶺の花扱いする男がいるとは」

フォートリエ子爵の言葉に、コンスタンタンは首を傾げる。

なぜ、リュシアンのような素晴《すば》らしい女性との結婚を、父親が頭を下げて乞《こ》わなければならないのか。

「アンはな、自由に育てた。貴族女性としての、礼儀《れいぎ》も何もあったものではない。茶会よりも、畑好きな娘《むすめ》など社交界でまともにやってはいけない。だから、好きな男と結婚させようと考えていたのだ。しかし、いつまで経っても好きな男が現れないようだから、私が一肌脱《ひとはだぬ》いでランドール辺境伯に頭を下げたのだが」

あまりにもリュシアンのことを下げて言うので、コンスタンタンはムッとした。

相手はフォートリエ子爵であったが、つい言い返してしまう。

「リュシアン嬢は、我《わ》が家《や》でパーティーをするさいに、内装の手配やら、料理の手配やら、いろいろこなしてくれました。パーティーの当日も、参加者と和《なご》やかに会話していたように思えます。ふるまいも品があり、貴族女性としての素養は、十分備わっているように感じました」

「ほう。アンは、君の家で女主人顔負けの仕事をしたと？」

「はい。その……我が家には、女性がいないもので、つい、手を借りてしまったのですが」

「そうか。特に、そのようなことを教えたつもりはなかったのだが」

「母君がしていたことを、真似したと話していました」

「なるほどな。それは知らなかった」

会話が途切《とぎ》れたので、コンスタンタンは紅茶で喉《のど》を潤《うるお》す。

フォートリエ子爵も同様に、紅茶を飲んでいた。

しんと、静かな時間が流れる。沈黙《ちんもく》を破ったのは、フォートリエ子爵だった。

「アンは、君と結婚させたほうがいいみたいだな」

「フォートリエ子爵！」

「もちろん、ランドール家のドラ息子が、アンの意思を無視して連れ去っていたら、さらに、アンが君との結婚を望んでいたら、ということが前提にあるが」

フォートリエ子爵は頭を下げて言った。

「アンを、連れ戻してほしい。それからまた、ゆっくり話をしよう」

コンスタンタンは深々と頭を下げた。

お嬢様は攫われる

ロイクールに誘拐されたその日、リュシアンはロザリーと共にニンジンの収穫をしていた。

「うう～～！　抜けない～～！」

「あら、ロザリー、力任せに引っ張ったら、折れますわ」

「わかっていますが、根が強くて」

「きっと、ニンジンは土が温かくて居心地《いごこち》がいいから、外に出たくないのでしょう」

「アンお嬢様、面白《おもしろ》いこと言わないでください～、脱力《だつりょく》します」

「ふふ。ロザリー、代わっていただける？」

「ええ、私が抜けないのに、アンお嬢様が引っ張って抜けるわけがないですよお」

そう言いながらも、ロザリーはニンジンを引く作業をリュシアンと交代する。

「行きますわよ……よい、しょっと！」

一回引っ張っただけでは、抜けなかった。

「言うことを聞かないと、おいしいグラッセにしてあげませんからね！」

そう言いながら引っ張ると、スポン！　と綺麗に抜けた。が、勢い余って、リュシアンは背後に倒れてしまう。

「きゃあ！」

「わあ、アンお嬢様ー！」

背後に茂っていたニンジンの葉がクッションになったので、泥《どろ》も付かなければ衝撃もなかった。

ロザリーの手を借りて、起き上がる。

「うふふ、驚きました」

「私もです」

「でも、抜けましたわ」

「ええ、よかったです。って、このニンジン、大きくて二股《ふたまた》に分かれています」

「あら、本当！」

ニンジンは他のニンジンよりも一回り大きく、おまけに根が二つに分かれていた。

「だから、なかなか抜けなかったのですねえ」

「驚きましたわ」

通常、このような規格外のニンジンは処分となる。しかし、ここは生まれ変わった王の菜園。どの野菜も同じように、おいしく調理されて食べられる権利を持っているのだ。

「綺麗に洗って、皮を剥《む》いて、切り刻んだらどれも同じ野菜ですのに」

「本当ですよお」

リュシアンはニンジンに付着した泥を落とし、籠《かご》の中へと入れる。

「アンお嬢様に収穫された野菜は、世界一幸せ者ですね」

「そうだと、いいのですが」

ここで、籠がいっぱいになる。

ロザリーと二人で騒いだら、喉が渇《かわ》いてしまった。

「ロザリー、休憩にいたしましょう。紅茶を用意していただける？」

「あー……、一回、屋敷に戻りません？」

「まだ作業はありますし、泥だらけなので、ここで休憩するほうがよろしいかと」

「わかりました。なるべく早く戻ってきますので」

「ええ。お願いいたします」

「アンお嬢様、一人でいる間、お仕事するのはナシですからね！」

「わかっていますわ」

敷物《しきもの》に座り、しばしリュシアンは休憩する。

ぼんやりと畑を眺めていたが、ふいにひゅうと強い風が吹《ふ》く。

先ほどまでそんなに寒くなかったのだが、肌寒《はださむ》さを感じて自らの肩を抱《だ》いた。

ロザリーに外套《がいとう》を一枚頼めばよかった。そう思ったのと同時に、背後に気配を感じて振り返《かえ》る。

「ロザリー、早かっ――」

そこにいたのは、ロザリーではない。

帽子《ぼうし》を深く被《かぶ》り、丈《たけ》の長い外套を纏《まと》った男性が立っていた。

手に持っていたステッキで、帽子の縁《ふち》を上げる。

見えたのは、眼鏡。それから、琥珀色《こはくいろ》の瞳《ひとみ》と黒い髪《かみ》。

それは、リュシアンがよく見知った人物だった。

「あなたは——ランドール卿《きょう》！」

「他人行儀《ぎょうぎ》な呼び方ではなく、婚約者らしく名前で呼べばいいものを。それよりもアン、こんなところで、泥だらけになって、何をしているのですか？」

「わたくしは、仕事をしていただけです」

「あなたは、そのように穢《けが》らわしい仕事をすべき存在ではない」

「なぜ、あなたにそのようなことを言われなければいけないのです？　これが、わたくしのお仕事ですわ」

「違う！」

強く否定され、リュシアンは傷ついた。

同時に、思う。コンスタンタンならば、リュシアンがしたいと思うことを応援《おうえん》してくれる。

否定なんて、絶対にしない。

そう思ったら、どうしてか泣けてきた。

「アン、どうして、泣くのですか⁉」

「……」

「貴族令嬢《れいじょう》が、泥だらけになって仕事をするなんてありえない。これは、普通《ふつう》の感覚です。あなたが、おかしなことをしているのですよ⁉」

それは、間違いではない。しかし、それを正面切って言わなくてもいいのではと思う。

リュシアンのすることが気に食わないのならば、無視していたらいいのに。

ロイクールはリュシアンを深く傷つける言葉を平然と吐《は》くのだ。

「……」

「泣いていないで、なんとか言ったらどうなんです！」

「……」

「アン、あなたは、そんなに気弱ではないでしょう⁉」

ロイクールの言う通り、リュシアンは以前よりも弱くなっていた。

以前だったら、泣かずに言い返していたのかもしれない。

しかし今は、コンスタンタンに出会ってしまった。彼《かれ》ならば、こんなことを言わないと考えたら、泣けてくるのだ。

「なんとか言ったらどうなのです！」

そう言われ、振り絞《しぼ》って出た言葉は、ロイクールに対してもっとも言ってはならぬ言葉であった。

「コンスタンタン様、助けて……」

「は⁉」

「コンスタンタン様……」

周囲にコンスタンタンがいると思ったのか、ロイクールは辺りを見回す。

「奴が、どこかにいるのか？　出かけていると、聞きましたが」

「……」

「アン、質問に、答えてください」

「コンスタンタン様は、今、おりません」

「だったら!!」

ロイクールは叫《さけ》び、リュシアンの腕《うで》を掴《つか》んで立たせ、連行するかのように引きずり始める。

「い、痛っ！」

腕を引かれ、歩きたくなどない、そう思って足に力を入れた。だが、リュシアンの力は非力で、あっさりと引きずられてしまう。

「嫌、嫌ですわ！」

「いいから、来るんです！」

「誰《だれ》か、誰か!!」

そう叫んだ瞬間《しゅんかん》、叢《くさむら》からガサリと音がした。

ロイクールは肩《かた》を震《ふる》わせ、大袈裟《おおげさ》な様子で驚く。

顔を覗《のぞ》かせたのは、ガチョウのガーとチョーだった。

「あなた達、ランドール卿を、突《つつ》いて！」

リュシアンの命令に従い、ガーとチョーはロイクールの足を突く。

しかしながら、ガチョウの攻撃《こうげき》など大した影響《えいきょう》は与《あた》えられず、リュシアンは王の菜園の出口まで引きずられてしまった。

「い、痛っ！　こ、こいつ！」

運悪く、誰ともすれ違わなかったのだ。助けは呼べなかった。

出口には複数の男達が待機しており、リュシアンはあっという間に取り囲まれてしまう。

こういう場合、暴れ回ったり悲鳴を上げたりしたら、逆に危険な目に遭《あ》う。

リュシアンは大人しく、ロイクールの指示に従うことにした。

ガーとチョーは乱暴に首を掴まれ、麻袋《あさぶくろ》に詰《つ》め込まれロイクールの荷鞍《にぐら》に積まれる。

ガチョウは放してくれと懇願《こんがん》したが、拒絶《きょぜつ》された。

馬に跨がるように言われ、渋々《しぶしぶ》応じる。

リュシアンはロイクールと共に馬に乗り、王の菜園を去ることとなった。


王都から山間部へ向かう街道を、ロイクールが操《あやつ》る馬は駆ける。

ロイクールと密着する形で馬に跨がることとなったリュシアンは、心の中で盛大な溜め息をついた。

どうしてこうなったのか……。

麻袋に詰め込まれたガーとチョーが、ガアガアと激しく鳴いている。

リュシアンはガチョウの言葉は理解していないが、彼らが「ここから出せ！」「この野郎！」と訴《うった》えているのだけは大いに理解できた。

幸いなことに、詰められたのは辛《かろ》うじて呼吸ができる麻袋である。密封《みっぷう》された革袋《かわぶくろ》でなくてよかったと、心から思った。

それにしても、どこに連れ去るつもりなのか。最初は、ランドール家のタウンハウスだと思っていたが、馬は王都とは逆方向に走り出した。

ロイクールは尋《たず》ねても答えないだろうから、聞かない。無理矢理《むりやり》誘拐《ゆうかい》するような真似をして、どういうつもりなのか。

腹が立ったので、話しかけたくもなかった。

おそらく、リュシアンを実家に連れて帰ろうとしているのだろう。

結婚の話を、進めるためにこのようなことをしたのか。

考えれば考えるほど、リュシアンは苛立《いらだ》ってしまった。

それよりも、アランブール家に連れ去られた証拠《しょうこ》を残せなかった。リュシアンは唇《くちびる》を噛《か》みしめ、悔《くや》しく思う。

ハンカチやリボンを落とすだけでも、違ったかもしれないのに。

そして、リュシアンが姿を消したことによって騒ぎとなり、アランブール家に迷惑《めいわく》をかけてしまうことを思ったら申し訳なくなる。

じわりと眦《まなじり》に涙《なみだ》が滲《にじ》んだが、泣いている場合ではない。

どうにかしなければと、しっかり前を向いた。

王都から連なる街道を走ること一時間、道は二手に分かれる。

右は整備された平坦な街道で、左は馬でギリギリ登れるくらいの険しい山道だ。

あろうことか、ロイクールは険しい山道に行こうとしていた。さすがのリュシアンも、見過ごすことはできない。

「ランドール卿、そちらは険しい山道ですわ。馬に慣れた男性でさえ、キツイと聞いたことがありますわ」

「こちらのほうが近道ですので。なるべく、移動時間は短いほうがいいかと」

「二人乗りでは、難しいです。しかも、今から行ったら、野宿ですわよ？　考え直していただけます？」

「大丈夫《だいじょうぶ》です。数時間もあれば、町に辿《たど》り着《つ》きます」

ロイクールは何を言っても聞かない。

リュシアンは深い溜め息をつき、天を仰《あお》ぐ。長い夜の始まりだった。

ロイクールは馬を休ませずに走らせ続けた。リュシアンが馬を休ませるように言っても、聞かなかったのだ。

その結果、馬は途中で動かなくなってしまった。

ロイクールは馬から下りて引っ張ったが、ビクともしない。

「くっ、この、こいつ！　ポンコツ馬が！」

「乱暴は止《や》めてくださいまし」

ロイクールが馬を叩《たた》こうとしたので、リュシアンは鞍から飛び降りて制する。

「なぜ、馬を庇《かば》うのです!?」

「お馬さんは悪くありません。何時間と続けて走らせるランドール卿が悪いのです」

ロイクールはリュシアンをジロリと睨《にら》む。このままではいけない。そう思って、鞍からガーとチョーを下ろし解放した。すると、ガアガアと鳴いてロイクールを突こうとする。

「う、うわっ！　アン、何をするのですか！」

「それはこっちの台詞《せりふ》ですわ。長時間麻袋に閉じ込めるなんて、酷《ひど》いとしか言いようがありません。そんなことよりも、太陽が出ているうちに先に進みませんと、夜になってしまいますわ」

戻《もど》るよりも、先に進んだほうがいい。そのほうが、早く森を抜《ぬ》けることができる。

リュシアンは優しい声で、馬に語りかけた。

「ごめんなさい。あなたはもう、必要以上に頑張《がんば》ってくれたけれど、もうちょっと、先に進みませんこと?」

鼻先を撫《な》でてあげると、馬は歩み始める。

「いい子。もうちょっと行ったら、きっと水辺があるはずですわ。そこまで、頑張りましょう」

リュシアンは手綱《たづな》を握《にぎ》り、馬を引く。そのあとを、ガーとチョーが付いてきた。

ロイクールは、何も言わずともあとを付いてくる。

先の見えない坂道を、リュシアンは登ることとなった。そうこうしている間に、日が沈《しず》む。

幸い、峠《とうげ》で湧《わ》き水《みず》を発見した。

馬とガーとチョーに水を飲ませたあと、リュシアンも喉を潤す。

「そんな、どこの水かもわからないものを、よく飲めますね！」

ロイクールの言葉に、リュシアンは耳を疑う。

「あの、これは湧き水ですけれど？」

「雨が降って溜まった水でしょう？　お腹《なか》を壊《こわ》しますよ？」

「……」

ロイクールの言う通り、湧き水のもとを辿れば雨水だ。しかし、ただの雨水ではない。天から降り注いだあと地中にしみ込み、何層にもわたって濾過《ろか》された状態で地上に湧き出《で》てくる。

もちろん、完全に安全な水であるとは言えない。いくら濾過された状態で湧き出ていても、一度沸騰《ふっとう》させてから飲んだほうがいいだろう。

だが、リュシアンは、湧き水を飲みなれていた。今まで腹痛を引き起こしたことなどない。

湧き水を飲んだことのないロイクールは腹痛を起こす可能性もあった。だから、強く勧《すす》めはしない。

「まあ……飲むか飲まないかは、ご自由になさってくださいな」

ホー、ホーと、夜行性の鳥の鳴き声が聞こえた。リンリンという虫の大合唱も始まっている。

周囲は真っ暗で、満天の星が広がっていた。

これ以上、進まないほうがいいだろう。

ここで、ガーとチョーがガアガアと鳴いた。

どうしてか、「ここをキャンプ地とする！」と言っているように聞こえてしまった。


実を言えば、リュシアンが野営をするのは初めてではない。

子ども達と星座の勉強をするためにテントを張り、夜間学校を開いたことがあった。

ただしそれは村の中でやったことで、その上夏季だった。

今は冬で、リュシアンは着の身着のままで出てきた。正直に言えば、かなり寒い。

雪が降り積もっていないことだけは、ついていると思ったほうがいいのだろうか。

しかし、寒い。

リュシアンは足下《あしもと》にいたガーとチョーを抱きしめ、暖を取る。ガチョウの羽毛《うもう》は、温かかった。

「アン、そんなところにしゃがみ込まないでください。服が汚《よご》れるでしょう！」

「これは作業用のエプロンドレスですので、汚れてもまったく問題ありませんの」

ロイクールはリュシアンの言葉に返事をせず、舌打ちをした。リュシアンは、本日何度目かもわからない溜め息をついた。

「アン、そんなところに座っていないで、行きますよ」

「どこに、ですの？　そもそも、あなたはどちらへわたくしを連れて行くつもりだったのですか？」

「それは、実家に連《つ》れ戻すつもりでした。フォートリエ子爵が、いくら連絡《れんらく》をしても、返事を寄越《よこ》さないと言っていたようですので」

「忙《いそが》しくて、父に返事が書けなかった時があったのは確かですが……」

それにしたって、無理矢理《むりやり》すぎる。

「どうして、こんなことを？　一度帰るにしても、アランブール家の方々に何も言わずに出てきたので、騒動《そうどう》になっていると思うのですが」

「こうでもしないと、アンは帰らないでしょう？」

「帰らないって……！　今は、その時期ではないだけで、落ち着いたら近況《きんきょう》報告をしに帰ろうと思っていました」

これでは誘拐《ゆうかい》だ。まっとうな人間がすることではない。そんな言葉も浮かんできたが、それだけは言ってはいけないと言葉を呑《の》み込む。

「とにかく、お馬さんも疲れていますし、ここで休んで、明るくなってから行動したほうがいいかと」

「なっ!!　ここで、野宿をするというのですか!?」

「そうですけれど？」

「無理です！　テントもないのに、どうしてそんなことができるのですか？」

「この道を選んだのは、ランドール卿、あなたですわ。わたくしは、止めましたが」

「……」

我慢《がまん》していた言葉が、次々と出てくる。

冬の寒さと、空腹がそうさせているのだろう。このままではいけない。リュシアンはそう思って立ち上がる。

人は追《お》い詰められた状況《じょうきょう》の中にいると、ついついマイナス思考になったり攻撃的《こうげきてき》になったりするのだ。

それはリュシアンだけではない。ロイクールもだろう。

リュシアンは立ち上がり、ロイクールに接近する。

なぜか、ロイクールはじりじりと後退していった。

「ア、アン、なんですか？」

「ちょっと、よろしいでしょうか？」

そう言って、リュシアンはロイクールのベルトへ手を伸《の》ばす。

ナイフの柄《つか》を握り、一気に引《ひ》き抜いた。

「アン、待ってください！　話し合いを――」

オロオロするロイクールを無視して、リュシアンは行動に移す。

しゃがみ込んだ先にあった枯《か》れ草《くさ》を拾って丸めた。

続いて、手探《てさぐ》りでその辺に落ちている木の枝を探す。

真っ暗なので、ほとんど見えない。ロイクールが「何をしているのですか？」と話しかけていたが、答える筋合いも暇《ひま》もなかった。

そして、エプロンドレスのポケットから取り出したのは、物置小屋の合金製の鍵《かぎ》である。

「予備の鍵だから、たぶん大丈夫《だいじょうぶ》……」

自分を安心させる言葉を呟《つぶや》き、ナイフの刃《は》を鍵に当てて引いた。

何度か繰《く》り返すと、火花が散って枯れ草に引火する。

木の枝を添《そ》えて、火を大きくした。

ゆらゆらと、火が揺《ゆ》れる。

「暖かい……」

リュシアンはホッと安堵《あんど》の息をはいた。

ナイフで行う火おこしは、庭師から習った。屋外にある休憩所《きゅうけいじょ》で、ナイフで火をおこすところを発見し、やらせてくれとせがんだのは彼女が十歳《さい》の時の話である。

まさか、実際に使う日がくるとは、リュシアンは夢にも思っていなかった。

使った鍵を火で照らす。欠けていなかったので、ホッとした。

パチパチ、パチパチと火が燃える音を聞いていたら、心はいくぶんか落ち着いてきた。

寒さ問題が解決したら、今度は別の問題が生じる。空腹だ。

リュシアンは、火からずいぶんと離《はな》れた位置にいるロイクールへ問いかける。

「ランドール卿、何か、食料は持っていますか？」

「……」

何も返さないということは、食料は持っていないのだろう。

ロイクールの計画では、峠を越《こ》えて麓《ふもと》の村に到着《とうちゃく》している算段だったのかもしれない。

薄手《うすで》のコートだからか、微《かす》かに震えているようにも見えた。

「ランドール卿、もっと、火に近づいたほうがよろしいかと」

「ほ、放っておいてください」

火おこしすら思いつかなかった自尊心が邪魔《じゃま》をしているのか。ロイクールはリュシアンがおこした火を睨んでいる。

どうしたものか。溜め息ばかり出てしまう。

同時に、腹もぐうっと鳴った。そろそろ、夕食の時間だろう。

アランブール家の人々はどうしているのか。

ロザリーは泣いていないか。

コンスタンタンはどうしているのか。それればかりが気になってしまう。

きっと、迷惑をかけているだろう。

だが、うじうじしてもどうにもならない。今、できることをしなければ。

リュシアンは火が点《とも》った木の枝の一つを握り、立ち上がる。

「アン、何をするのですか?」

「木の実か何かないか、探そうと思って」

「食材ならば、そこにあるではないですか?」

ロイクールが指差したのは、ガーとチョーだ。リュシアンはギョッとして、言い返した。

「ガーとチョーはコンスタンタン様が食料にしないと決めました。今は、畑の雑草を食べる仕事を担《にな》っております。ですので、食料にはできません」

そんな言葉を返したら、ロイクールはムッとしたのか表情を歪《ゆが》ませる。

「あなたは、なんでもコンスタンタン、コンスタンタン、コンスタンタンタンタンですね!!」

「最後、タンが一回多かったです」

すかさず、リュシアンはロイクールに突《つ》っ込んだ。


リュシアンは這《は》いつくばって、食べられる物がないか探す。

しかし、都合よく見つかるわけがない。

別名『獣《けもの》ネギ』と呼ばれるベアラオフに似た草を見つけた。冬眠《とうみん》明けの野生動物が好んで食べることから、獣ネギと呼ばれている。だが、手触《てざわ》りが硬いことが気になった。

ベアラオフはスズランの葉と酷似《こくじ》している。

スズランには全草に毒があり、誤って食べてしまうと頭痛、嘔吐《おうと》などの症状《しょうじょう》が現れ、最悪死に至るのだ。

もしもこれがスズランの葉だったら、食べることは自殺行為だろう。

野草やキノコは、しっかり明るい場所で確認《かくにん》してから採取しなければならない。夜間に食べられる物を探すこと自体、無謀《むぼう》なことだったのだ。

水があったことだけでも、感謝しなければならない。

このあとは空腹に耐《た》え、しっかり眠《ねむ》らなければならなかった。

寒空の下で眠れるのか、リュシアンは心配になる。

しかし、彼女はガチョウの温《ぬく》もりを感じながら、眠ってしまった。

翌日――馬の嘶《いなな》きで目覚める。

「う～～ん!!」

肌寒い朝だったが、火は途絶《とだ》えることなく燃えていた。もしや、ロイクールが火の番をしていたのか。そう思っていたが、ガーとチョーが木の枝を銜《くわ》えて火にくべている様子を目撃《もくげき》する。

「まあ！　あなた達《たち》が火の番をしてくれましたのね！」

偉《えら》い、偉いと褒《ほ》めると、ガーとチョーは誇《ほこ》らしげな様子で胸を張っていた。

ロイクールは大丈夫だったのか。

視線を向けてみたら、焚《た》き火《び》からずいぶん離れた場所に横たわる彼の様子がおかしいことに気づいた。

顔は青ざめ、全身がガタガタと震えている。

「大丈夫ですの!?」

リュシアンは駆《か》け寄《よ》って、ロイクールの額に手を添える。酷い熱だ。

一晩のうちに風邪《かぜ》を引き、発熱してしまったのだろう。

脱水症状《だっすいしょうじょう》にもなっているのかもしれない。

リュシアンは大きな葉っぱで器《うつわ》を作り、湧き水を掬《すく》ってロイクールへと持って行く。

「ランドール卿、水を！」

「う……」

荷鞍を背もたれ代わりにロイクールを横にして、水を飲ませた。しかし、唇から水は零《こぼ》れていく。

「……」

こういう時は、口移ししかない。

人助けなので、躊躇《ためら》っている場合ではなかったが……。

相手はリュシアンを誘拐したロイクールである。

ここまでしてあげる必要性はあるのか。チラリと、疑問が脳裏《のうり》を過《よぎ》った。

「ダメですわ……！」

相手は極悪人《ごくあくにん》ならまだしも、幼馴染《おさななじ》みである。このまま見捨てるわけにはいかない。

たとえ、相手が大嫌《だいきら》いであっても。

リュシアンは腹を括《くく》った。

水を飲み、ロイクールの頬《ほお》を掴む。そして、顔を近づけたが――。

近くで、ガーとチョーが激しく鳴く。

「？」

そのあと、馬が急接近していることに気づいた。

目を見たら、「そこをどけ」と訴えているような気がした。

リュシアンは一旦《いったん》水を飲み込み、後ずさる。

すると、馬がロイクールに顔を近づけ、含《ふく》んでいた水を顔に噴射《ふんしゃ》した。

「うわっ!!」

ロイクールは目を覚まし、起き上がる。

「な、なんなんですか!? っていうか、寒っ!!」

意外と元気そうに見える。リュシアンは水を飲むよう、ロイクールに勧めた。

さすがに、喉の渇きには抗《あらが》えなかったのか、ロイクールは素直《すなお》に水を飲んでいた。

体調不良なのは間違《まちが》いないようで、青白い顔色のまま馬に跨《また》がる。

走ると気持ち悪くなるようで、ゆったりとした足取りでしか進めない。

リュシアンが操縦しようかと提案しても、ロイクールは頷《うなず》かない。ゆっくり歩むのでは、同乗している必要はない。リュシアンは馬から下りて、歩くことにした。

ガー、チョーと共に、山道を歩く。途中《とちゅう》でベリーや木の実を発見したので、エプロンのポケットに詰めておいた。

休憩《きゅうけい》時間、ロイクールに食べるように勧めたが、野生に生えている食べ物は腹を下すかもしれないと言って口にしなかった。

仕方がないので、リュシアンと動物達だけで食べる。

ロイクールの発熱は時間が経《た》つにつれて悪化していた。

ついに――意識が朦朧《もうろう》となり、落馬しかける。気づいたリュシアンが体を支えて、事なきを得たのだ。

「ランドール卿！　ランドール卿！　しっかりしてくださいまし！」

「……」

リュシアンは盛大な溜め息を吐《つ》きながらも、覚悟《かくご》を決める。

「ガー、チョー、しばし、袋《ふくろ》の中で我慢をしてくださいますか？」

ガアガアと鳴く様子は、「もちろんだ」と言っているような気がした。

手早くガーとチョーを袋に詰め、荷鞍に吊《つる》す。

ロイクールの体も、馬から離れないよう縄《なわ》で固定させた。

最後に、リュシアンは馬に跨がり、腹を軽く蹴《け》って合図をだす。

一刻も早く麓の街に連れて行き、医者に診《み》せなければ。

誘拐犯《ゆうかいはん》が道選びを誤り、野宿をした挙げ句風邪を引いて倒《たお》れるなんて聞いたことがない。

本当に、仕方がない男だ。リュシアンはそんなことを思いながら、馬を走らせる。

夕方には、麓の街に辿り着き、宿に医者を呼んで診察《しんさつ》してもらった。

ロイクールはただの風邪だった。しばらく安静にしていたら問題ないようだ。

幸い、ロイクールは金をたくさん持っていたので、看護師を雇《やと》って看病をお願いする。

医者からは、奥方《おくがた》ではないのかと聞かれたが、はっきり「違《ちが》います」と否定しておいた。

一刻も早く、王都に戻りたかったが、さすがのリュシアンもくたくたである。

一泊《ぱく》して、戻ることにした。

宿帳に名前を書いていたら、主人に思いがけない質問をされた。

「おや、あんた、アランブール家のコンスタンタン殿《どの》が捜《さが》している、リュシアンお嬢様《じょうさま》じゃないのかい？」

「コンスタンタン様が、ここに？」

「ああ、そうだ。あんたを捜しているって、焦《あせ》った表情でやってきていたぞ」

「！」

なんと、コンスタンタンはリュシアンを追って、ここまでやってきたというのだ。

浮《う》かれている場合ではない。今、自分が何をすべきか、リュシアンは冷静に考える。

まず、アランブール伯爵家《はくしゃくけ》に無事を知らせる手紙を書き、早馬を打って届けてもらう必要がある。

そのためには、金が必要だ。残念なことに、着の身着のままで攫《さら》われたリュシアンは手持ちの金がなかった。

しかし、そんな時のために、リュシアンは金に宝石があしらわれたアンクレットを身に付けている。母親から何かあった時は、売るようにと言われていたのだ。

アンクレットを売るような事態になるわけがないと思っていたが、人生は何があるかわからないものだ。

リュシアンは宿の主人に、この辺りに質屋《しちや》がないか尋ねる。

「質屋だったら、ここの裏通りにある。しかし、お嬢《じょう》さん一人で行くのは心配だ。うちの母さんについていくように頼《たの》むから」

「感謝します」

「いいって。困っている時は、お互《たが》い様《さま》さ。お〜い、母さん、ちょっと来てくれ」

宿屋のおかみを伴《ともな》って、リュシアンはアンクレットを質屋に売りに行った。

アンクレットの平均買い取り価格は金貨三枚と銀貨三枚。それ以下で買いたたくようであれば、断るようにと言われていた。

買い取り価格は、金貨三枚と銀貨八枚だった。

おかみが色を付けて買い取るよう、質屋の店主に言ってくれたのだ。

リュシアンは宿屋の夫婦《ふうふ》に、深く感謝する。

無事、資金を得たリュシアンは、アランブール伯爵家に自らの無事を知らせる手紙を書いた。

すぐに、早馬を打つように依頼《いらい》する。明日の朝には届くようだ。

代金は金貨一枚半。瞬《また》く間《ま》に、所持金が減ってしまう。

父親にはコンスタンタンが来たら引き留めておくようにと、通常配達で手紙を出す。

リュシアンは馬車に乗り、コンスタンタンを追ってフォートリエ子爵領《ししゃくりょう》へ帰ることを決意した。

一人旅は初めてだった。だが、コンスタンタンがリュシアンを捜してフォートリエ子爵領へ行ったとなれば、そのまま帰るわけにもいかない。

平民の娘《むすめ》が着ているワンピースや下着などを数着揃《そろ》え、荷造りを行う。

ロイクールのことは、看護師に頼んだ。看病代は、ロイクールの財布《さいふ》から支払《しはら》われる。

一応、王都にいるランドール家の執事《しつじ》へも、迎《むか》えに来てほしいと手紙を書いている。彼のことは心配ないだろう。

一晩休み、ロイクールと別れの挨拶《あいさつ》をしないまま、リュシアンはガーとチョーと共に旅立った。

◇◇◇

「はあ、ガチョウも一緒《いっしょ》だと？」

乗合馬車を管理する商人は、信じられないという表情でガチョウを引き連れているリュシアンを見下ろす。

「人に慣れております。粗相《そそう》もしません」

「って言ってもねえ」

「お願いいたします。ガチョウの分の代金も払《はら》いますので」

リュシアンが深々と頭を下げると、商人は頬をポリポリ掻《か》く。

「まあ、代金を払うのならば、いいか」

「ありがとうございます！」

リュシアンの粘《ねば》り強《づよ》い懇願のおかげで、ガーとチョウも馬車に同乗できることとなった。

乗り合いの馬車に座席はなく、荷物を運ぶために造られたものだった。ぎゅうぎゅうに人が押《お》し詰められ、息が苦しくなるほど密閉されている。

しかも、周囲はほとんど男。リュシアンは外套の頭巾《ずきん》を深く被り、男達の視線から逃《のが》れる。

正直に申告《しんこく》するならば恐《おそ》ろしかったが、左右にいるガーとチョーを抱いて、恐怖心《きょうふしん》と闘《たたか》っていた。

どさくさに紛《まぎ》れて触《ふ》れようとする者もいたが、ガーとチョーが突いたり鳴いたりして威嚇《いかく》する。

日が暮れると、馬車は街で一晩過ごすこととなる。

一日中移動していたので、体のあちらこちらが痛い。実家の馬車は体が痛まないような構造をしていたのだなと、今更《いまさら》ながら感心してしまった。

宿は一番高い宿を利用する。宿屋のおかみから、そうするようにと助言を受けていたのだ。

安い宿は部屋の鍵が壊れていたり、窓から隙間風《すきまかぜ》が入ったりする。防犯面も、怪《あや》しいようだ。

ガーとチョーには八百屋で買ってきた野菜を与える。彼らは今日、間違いなくリュシアンの騎士《きし》だった。心から感謝している。ガーとチョーが守ってくれなかったら、乗合馬車の移動は耐えきれなかっただろう。

リュシアン自身は、パン屋で買ったハードなパンを食べる。日持ちすると思い選んだが、硬《かた》くて飲み込むのに苦労してしまった。

スープがほしい。けれど、旅費を食費に充《あ》てている余裕《よゆう》はない。

パンは半分も食べられず、そのまま鞄《かばん》にしまった。

寝台《しんだい》に横たわると、じわりと涙が浮かんできた。

一度アランブール伯爵家に戻り、フォートリエ家とランドール家に早馬を打ったほうがよかったのか。途端《とたん》に、心細くなった。

自分の判断は間違っていたのだと、リュシアンは気付く。一人旅だなんて、無謀だったのだ。

「コンスタンタン様……」

そう名前を呟いたら、部屋の扉《とびら》が叩かれた。リュシアンは跳《は》ね起《お》き、返事をする。

「すみません、騎士様が、お客様をお尋ねにやってきたのですが」

女性が言う騎士様という言葉に、心臓が飛び出る思いとなった。

「ほ、本当に、騎士様ですの？」

「はい。名前は、コンスタンタン・ド・アランブール殿だと」

「コンスタンタン様‼」

リュシアンは部屋から出て、女性従業員に詳《くわ》しい話を聞く。

「お客様の噂話《うわさばなし》を聞き、駆け付《つ》けたと」

コンスタンタンは宿屋の一階にある食堂で待っているらしい。すぐさま、リュシアンは駆けて行った。食事中だったガーとチョーも、あとに続く。

食堂は食事時とあって満員だった。コンスタンタンはどこにいるのか、キョロキョロと捜し回る。

そんな中、腕を突然《とつぜん》取られた。

リュシアンは驚《おどろ》いて、振《ふ》り返る。

「——アン、やっと捕《つか》まえました」

そこにいたのは、ロイクールだった。

やってきたのは、コンスタンタンではない。リュシアンはロイクールにまんまと騙《だま》されてしまったのである。

「どうして……ここに？」

「あなたが白と黒のガチョウというわかりやすい目印を連れていたおかげで、すぐに見つけることができました」

「！」

世界中探しても、ガチョウを連れて一人旅をしている女性などリュシアンしかいないだろう。

その点を、失念していた。

せめて、男性の服を着て、少年のふりをしていたらロイクールに見つかることはなかったのか。後悔《こうかい》が波のように押し寄せる。

初めて一人旅をして、大きなトラブルもなく宿屋に宿泊《しゅくはく》できたという達成感が、リュシアンに用心というものを忘れさせていたようだ。

コンスタンタンの名を聞いて舞《ま》い上《あ》がり、よく確認しないで飛び出してしまった。

この結果、ロイクールに捕まってしまったのだ。

「私の名で呼び出しても、来ないことなんてお見通しなんですよ」

「コンスタンタン様の名前を騙《かた》るなんて、赦《ゆる》されることではありませんわ！」

「どこに、そんな法律があるのですか？」

確か、あったはずだ。しかし、今は混乱状態で、返す言葉が見つからない。

ガーとチョーが、ロイクールの足元で暴れる。靴《くつ》を突き、ズボンを嘴《くちばし》で引っ張った。

「くっ、この、ガチョウ共が！」

ガーとチョーはロイクールの足を左右同時にバタバタと踏《ふ》みつけている。

地味に、ダメージを与えているようだ。

ロイクールの顔は青ざめていて、目も血走っている。まだ、風邪が全快ではないのにやってきたからだろう。

手を振り払ったら、案外簡単に振りほどけるかもしれない。

しかし、足を踏ん張《ば》った瞬間に、思いがけない展開となった。

「旦那《だんな》、これが話していたガチョウですかい？」

黒いエプロンをかけた大男が、ロイクールに尋ねる。

「ええ、そうです。連れて行ってください」

「おお、これはこれは、ムチムチと太ったおいしそうなガチョウだ」

大男はガーとチョーの首を掴み、革袋に放《ほう》り込んだ。

「ガー！　チョー！」

リュシアンは連れ去られてしまうガーとチョーに手を伸ばしたが、紐《ひも》に繋《つな》がった犬のようにロイクールに腕を引かれてしまった。

「それは、わたくしのガチョウです‼ きちんと、宿代も払っています！」

しかし、リュシアンの訴えは空《むな》しく、すぐにいなくなってしまった。

「彼は肉屋です。きっと、あのガチョウ達は新しいご主人様に出会えるでしょう」

「な、なんて酷いことを！」

「酷いのはあなたです。伏《ふ》せっている私を見捨てて、一人で出ていくなんて」

「お世話は、きちんと頼んでいました。見捨てていったわけではありません」

こんなことになるのならば、山で倒れたロイクールなんて置き去りにして、一人で山を下りればよかった。

そうでなくても、ふもとの町に辿り着いた地点で、騎士隊の詰め所《しょ》に行って被害《ひがい》を報告していたらよかったのだ。

それをしなかったのは、両家の問題が関係していた。

リュシアンの実家であるフォートリエ家は、ロイクールの実家であるランドール家の領地を通じて他国へ野菜を輸出している。それを可能としているのは両家の友好な関係あってのことだった。

もしも、ランドール家との関係が破綻《はたん》したら、フォートリエ家は収入の三分の一を失うこととなる。

騎士隊に今回のことを通報するとしたら、父親の判断も必要だった。だから、リュシアンはロイクールを見捨てずに助けたのだ。

事態は最悪である。ガーとチョーは肉屋に連れ去られてしまった。リュシアン自身も、こうしてロイクールに捕まっている。

どうしようもない状況となる。

「とりあえず、一晩休んで、明日の朝にここを発《た》ちます」

「あの、どこに、行くのですか?」

「ランドール家に決まっているでしょう。すぐに結婚《けっこん》して、私の妻になってもらいます」

「い、イヤです……!」

「もう、決まっていることなので。忘れたのですか? 私達の結婚は、アンの父親も了承《りょうしょう》しているのですよ? あなたの父君が、私の父に娘と結婚してくれと、頭を下げて頼んできたのです」

「……」

父はそこまでしてロイクールと結婚させようとしたのだ。

ロイクールと結婚したら、ランドール家との関係もさらに良好になる。

貴族の娘として、これ以上ない働きとなるだろう。

「もしも、あなたと結婚することになっても、心だけは、捧《ささ》げません」

「今、なんて言いましたか?」

「名義上はあなたの妻となっても、心までは妻にならないと、言ったのです！」

涙が眦に浮かび、声は震《ふる》えてしまった。迫力《はくりょく》に欠ける言葉だったが、それでもロイクールは衝撃《しょうげき》を受けた表情を浮かべている。

「コンスタンタン・ド・アランブールにだったら、心を捧げるというわけですか？」

「今、コンスタンタン様のお話はしておりませんが？」

「そういうことでしょう？　あなたは、コンスタンタンにだったら、尻尾《しっぽ》を振って犬のように従順になると」

「コンスタンタン様は関係ありませんわ！」

「アンはいつもそうだ。コンスタンタン、コンスタンタン、コンスタンタンと！」

「コンスタンタン様について先に言いだしたのは、ランドール卿《きょう》のほうですわ！」

「コンスタンタン、コンスタンタンうるさいです！」

「ランドール卿のほうが、コンスタンタン様の名前を連呼していると思います」

「は⁉」

「今だけで、七回ほど呼んでいます」

「そんなにタンタン、タンタン言っていません！」

「コンスタンタン様の名前を、タンタンと呼ばないでいただけます⁉」

「あんなの、タンタンで十分ですよ！」

「なりません！」

ああ言えばこう言う。二人の会話は平行線であった。

◇◇◇

その晩、リュシアンは見張りつきで宿泊することとなる。なんと、窓の外にまで人を配置するという厳戒態勢《げんかいたいせい》だ。逃《に》げるルートはすべて塞《ふさ》がれていた。

翌日、ロイクールはリュシアンと共に旅立とうとしたが——。

「大人しくついて行きますから、ガーとチョーを助けてください」

「あんな乱暴ガチョウ、連れて行くわけないでしょうが！」

宿屋の前で、二人は言い合いしていた。

「いいから、大人しく来てください!!」

ロイクールは腕《うで》を引っ張ろうとしたが、リュシアンはひらりと避《よ》けた。

想定外の動きだったのか、ロイクールはてんてんと足踏《あしぶ》みする。その拍子《ひょうし》に、がたいのいい男性にぶつかってしまった。

「ああん？　なんだあ、お前」

「あなたこそ、なんですか！」

明らかにガラの悪い男だったが、ロイクールは偉そうな態度を崩《くず》そうとしなかった。

「お前がぶつかってきたから、肩《かた》を大怪我《おおけが》したぞ！　治療費《ちりょうひ》を寄越せ！」

「何を言っているのですか？」

「話がわからない奴《やつ》め！　いいから、金を出せよ」

「出す訳ないじゃないですか！」

嫌《いや》な予感がする。リュシアンは二人が言い合いをしているうちに逃げようとしたが、背後にいた誰《だれ》かに腕を掴《つか》まれてしまった。

「兄貴、その男、かわい子ちゃんを連れているぜ！」

「だったら、その女を売《う》り払って、金にしようぜ」

「アンに手を触れないでください」

ロイクールは拳《こぶし》を振り上げたが、肩を押されただけで倒れてしまう。

「うぎゃあ！」

転がっていくロイクールを、リュシアンは切ない気持ちで見つめていた。

「ふん、口ほどにもないやつめ！」

「こっちに来い！」

「きゃあ！」

リュシアンは、ガラの悪い男達に連れ去られてしまった。

堅物騎士は、ロイクールの実家を訪ねる

コンスタンタンの馬は疲《つか》れていたので、フォートリエ子爵の馬を借りることとなった。

「半年前まで競走馬だったのだが、気が荒《あら》く使い物にならなかったのだ。もしかしたら、乗りこなせないかもしれないが」

「お借りします」

フォートリエ子爵の馬は、筋肉質でコンスタンタンの馬よりも大きい。美しい青鹿毛《あおかげ》の毛並みを持ち、前髪《まえがみ》から流れる毛はツヤツヤピカピカだ。ひと目で、いい馬だということがわかる。

名前はラピーという。コンスタンタンは優《やさ》しい声で呼びかけた。

「ラピー」

すると、フォートリエ子爵の馬ラピーはコンスタンタンのほうを向き、ふんふんと匂《にお》いをかいでいる。手の甲《こう》の匂いをかがせてやると、満足したのか頭を下げる。

「ふむ。大丈夫《だいじょうぶ》そうだな。私以外の人間には、警戒心《けいかいしん》を剥《む》き出《だ》しにする馬なのだが」

「馬との付き合いは、慣れておりますので」

見習い騎士時代は、一人一頭馬を持つことなんてできない。共用の馬を使い、訓練するのだ。

馬は大人しい性格のものだけではない。気性《きしょう》が荒い馬や、いたずら好きの馬など、人と同じように性格は多岐《たき》にわたる。

今まで散々、噛《か》みつかれたり、蹴られたりと、馬の洗礼を浴びてきたのだ。

それらを繰り返《かえ》しているうちに、馬と仲良くなる方法は会得《えとく》した。

コンスタンタンは鐙《あぶみ》を踏み、馬上へ上がる。鞍《くら》に腰《こし》かけたが、暴れる様子はない。

「問題ないようだな」

「はい」

「ランドール家はこの先にある街道《かいどう》を二時間ほどまっすぐ進んだ先にある。申し訳ないが、アンを連れ戻《もど》してくれ」

「かならず、連れ戻しましょう」

「頼んだぞ」

フォートリエ子爵にロイクールとの婚約《こんやく》解消の書類と、ロイクールがリュシアンの意思を無視して誘拐したという被《ひ》害届《がいとどけ》を書いてもらった。

もしも、これらを提出して尚《なお》リュシアンを解放しないのであれば、騎士隊の協力を仰《あお》がなければならない。

そうなったら、大ごとになってしまう。リュシアンの名にも、傷が付くだろう。

穏便《おんびん》な解決を、コンスタンタンは切に願う。

「では、行ってまいります」

「気を付けていってくるのだぞ」

「はい」

フォートリエ子爵に見送られながら、コンスタンタンはリュシアンの実家を発った。

青鹿毛の美しい馬ラピーは風の如《ごと》く、全力疾走《しっそう》する。

コンスタンタンの馬より、ずっと速い。さすが、競走馬だと思った。

途中で休ませながら、どんどん先へと進む。

ラピーは体力もかなりあるようで、休んでいる間も早く走りたいと鼻をふんふんと鳴らすほどだった。

フォートリエ子爵はランドール家まで二時間かかると言っていたが、一時間半で到着した。

リュシアンは、ここにいる。

出発した時間を考え、ロイクールが近道を選んで馬を飛ばしていたら、すでに一晩明かしたあとかもしれない。

もしも、無理矢理《むりやり》婚姻《こんいん》を結んだ形にされていたとしたら――。

最悪の展開が脳裏を過る。

まだ、どうなっているかわからない。悪い方向へ考えることはよくないだろう。

それにそうだったとしても、辛《つら》いのはコンスタンタンではなくリュシアンだ。

なるべく、優しい言葉をかけてあげなくては。

コンスタンタンは頭《かぶり》を振って、即座《そくざ》に腹を括った。

門番と話し、中へと入れてもらう。

フォートリエ子爵の手紙があったおかげで、すんなりと中に入れた。

執事はコンスタンタンを丁重《ていちょう》に扱《あつか》い、ランドール辺境伯《へんきょうはく》と話ができるよう取り持ってくれる。

ランドール家は思っていたよりも静かだ。

リュシアンを突然連れ帰ったことは、そこまで騒《さわ》ぎになっていないのか。

それともランドール家では、花嫁《はなよめ》を誘拐するように連れ帰るのは日常茶飯事《にちじょうさはんじ》なのか。

そんなことを考えていると、ランドール辺境伯がやってくる。

「あ、ど～も～、こんにちは、はじめまして～～」

ふっくらとした、人の好《よ》さそうな中年男性が、スキップしながら登場した。

「ランドール、辺境伯、でしょうか？」

「そうですよ～～」

「……」

あの、悪辣《あくらつ》非道なロイクールの父とは思えない、陽の雰囲気《ふんいき》のある人だった。

リュシアンの厳格な父親とロイクールの陽気な父親は、逆ではないかと思うほどである。

「フォートリエ子爵から、お手紙を預かっていると聞いたんですけれど～～？」

「ええ、はあ」

コンスタンタンは懐《ふところ》からフォートリエ子爵の手紙を取り出し、ランドール辺境伯へと差し出す。

すぐさま、手紙を読んでくれた。

「ふむふむ、ふむふむふむ、むむっ⁉」

「……」

穏《おだ》やかだったランドール辺境伯の表情が、一変する。顔を真っ赤にさせ、眉毛《まゆげ》はピンと吊《つ》り上がった。

「なんてことだ‼　あの、馬鹿息子《ばかむすこ》が‼」

フォートリエ子爵の手紙を丁寧《ていねい》に折りたたみ、弾《はじ》かれたバネのように立ち上がった。

いったい何をするのか、コンスタンタンはランドール辺境伯を見つめる。

「愚息《ぐそく》が、ご迷惑《めいわく》をおかけしました‼」

ランドール辺境伯は頭を深々と下げ、謝罪した。

「それと、我《わ》が家《や》に愚息とリュシアン嬢がいるだろうと書かれていましたが、ここにはおりません‼」

「え？」

「まだ、ここへ到着していないのでしょう」

フォートリエ領にはいなかった。ランドール領にも来ていないという。

だったら、リュシアンは今、どこにいるというのか。

「もしかしたら、うちの愚息めが、足手まといになっているのかもしれません。温室育ちで、体力がないので」

「そう、ですか」

「体力と根性《こんじょう》を付けさせるために、騎士隊に入れたのですが……本当に、申し訳ありません」

「私への謝罪は、必要ありません」

「そ、そうですね」

「今は、一刻も早くリュシアン嬢を捜さないと」

「ええ、もちろんです」

ランドール辺境伯はすぐさま調査隊を結成し、捜させるという。

「私も、協力します」

「あ、ありがとうございます～～！」

コンスタンタンも、リュシアン捜索《そうさく》作戦に参加することとなった。


一時間ほどで、客間で待つコンスタンタンとランドール辺境伯のもとに、二十名ほどのリュシアン及《およ》びロイクール捜索部隊が結成されたという一報が入る。

二十代から四十代くらいの、働き盛りの男達ばかり揃えられているらしい。皆《みな》、革《かわ》の鎧《よろい》と、腰には剣《けん》を装備しているとのこと。

彼《かれ》らはランドール家の領土を守る、自警団だという。たった一時間で支度《したく》を終わらせて集合させるのは、驚くべき速さだろう。装備を調《ととの》え、馬に鞍を載《の》せ、集合する。最短でも、二時間は必要だ。コンスタンタンが感嘆《かんたん》していたら、ランドール辺境伯はのほほんと語る。

「わたくしめの領土は国境ですから、すぐに動ける者を常に五十名、待機させているのですよ

〜」

領地に突然《とつぜん》攻め入《い》られた時を想定しているのだろう。

だが、ここには騎士隊も駐屯《ちゅうとん》している。置かれているのは旅団だ。十分な人数は揃えられている。それに加えて自警団もいるのだから、かなりの用心深さだろう。

「騎士という生き物は、国王陛下と国に忠誠を誓《ちか》っていますからね。一応、民草も守ってくれるようですが、第一に守るべき存在ではないですから」

「……」

確かに、ランドール辺境伯の言う通りだ。人は、あれもこれも守れるほど器用ではない。

しかしながらコンスタンタンは騎士である。この場では、同意できなかった。

「ああ、すみません。アランブール卿も騎士様でしたね。失礼を」

「いいえ。聞かなかったことにしますので」

「助かります〜」

ランドール辺境伯は体をくねくねと動かしながら、喜んでいた。なんというか、ゆるい態度に脱力《だつりょく》してしまう。

ただ、ランドール辺境伯の話を聞いていると、彼が切れ者であると考えられる。油断してはならない。こういうタイプは、敵に回したら厄介《やっかい》なのだ。

ロイクールのしたことを悪と判断し、味方についてくれたことを心から感謝する。

「いやはや、なんというか、今回の件は責任を重く感じています。すべて、私が悪いのです」

「しかし、彼はもう分別が付く年頃《としごろ》です。ランドール辺境伯だけの責任ではないでしょう」

「アランブール卿は、お優しいのですね」

そう言って、ランドール辺境伯はウルウルとした瞳《ひとみ》をコンスタンタンに向けていた。

「実は、上の息子《むすこ》を厳しく育てすぎて嫌《きら》われてしまったので、下の息子はついつい可愛《かわい》がってしまったのです……」

欲《ほ》しいと言った物はなんでも与《あた》え、勉強や剣の稽古《けいこ》など、嫌だと言ったら別に辞《や》めてもいいと言って甘《あま》やかしていたのだとか。

「次男であるロイクールに与えられるものは多くありません。爵位《しゃくい》と領地を得るのは、上の兄ですから。ですので、私は徹底的《てっていてき》に甘やかしてしまった。それが、間違いだったのですね」

ロイクールの幸せを願うのならば、時に厳しいことを言うのも必要である。

ランドール辺境伯は切なげに呟《つぶや》いた。

「一応、愚息に関しては、このままではいけないと思っていたのですよ」

以前より、ロイクールとリュシアンの婚約話は浮上《ふじょう》していたらしい。フォートリエ子爵からも、時折それを匂わせる発言もあったのだとか。

「フォートリエ子爵家のご令嬢《れいじょう》は大変しっかりしていて、結婚相手としては申し分なかったのですが、いかんせん、うちの愚息にはもったいないと思い、ずっとお断りをしていたのです」

しかしある日、リュシアンの結婚相手が見つからないので、婚約を結んでくれないかとフォートリエ子爵が頭を下げてきた。

ランドール辺境伯はどうしようかと悩《なや》んだが、あまりにも必死にフォートリエ子爵が懇願《こんがん》するので頷いてしまったようだ。

「人の性根《しょうね》は簡単に矯正《きょうせい》できません。しかし、騎士隊で厳しく揉《も》まれたら、愚息も変わるのではと思っていたのですが、甘い考えだったようですね」

ランドール辺境伯は、深々と頭を下げて謝罪した。

「本当に、ご迷惑をおかけしております」

「いえ……謝罪は私にではなく」

「リュシアン嬢と、フォートリエ子爵に、ですね」

「ええ」

すでにランドール辺境伯は現状について紙に認《したた》め、フォートリエ子爵領へ早馬を打ったらしい。いつの間に、そんなことをしていたのか。国境を任されるだけある、有能な男なのだろう。

もしも、ロイクールがランドール辺境伯から本気の教育を受けていたのならば、今回の事件は起きていなかったのか。

その前に、リュシアンは王の菜園には来ていなかっただろう。ロイクールが有能な男だったら、今頃《いまごろ》リュシアンと結婚している。

コンスタンタンは頭《かぶり》を振って、思《おも》い浮かんだことを打ち消す。もしもの話は、考えるだけ無《む》駄《だ》だ。

自警団の団長が地図を持ってやってきた。人員の振り分《わ》けが決定したらしい。

おそらく、リュシアンとロイクールはなんらかのトラブルにより、フォートリエ子爵領に来るまでの道のりで足止めされているのではと想定しているようだ。

移動は馬車ではなく、馬を単騎《たんき》で走らせている。着の身着のままで移動したならば、リュシアンは作業用のエプロンドレスのままだ。

ランドール辺境伯は頭を抱《かか》え、うめくように言った。

「信じられません。この寒い時期に女性を馬に乗せて旅するなんて……」

もしや、リュシアンが風邪を引き、どこかの町の宿屋で休んでいるのだろうか？

苦しむリュシアンが脳裏を過り、コンスタンタンは拳を強く握《にぎ》った。

「一刻も早く、発見しませんと」

主に捜すのは、王都を進んだ先にある分岐点《ぶんきてん》――山を越《こ》える道と、平坦《へいたん》な道。

それぞれにある村と、合流点にある町、第二の都市を中心的に捜すようだ。

「アランブール卿は、どこを捜しますか？」

「難しいですね」

リュシアンが誘拐《ゆうかい》されて、今日で三日目だ。どこまで進んでいるのか、まったく想像できない。

自警団は第二の都市にいるだろうと見込み、そこに捜索の重点を置くようだ。

「でしたら、私は合流点にある町を目指します」

「わかりました。お願いいたします。私はすぐに、フォートリエ子爵のところへ行きますが、何か伝言はありますか?」

「ラピー、馬を、お借りしますと」

「わかりました」

コンスタンタンはフォートリエ子爵の馬ラピーに跨がり、合流点にある町を目指した。

ほどよく馬を休ませ、走らせた結果夕方には到着《とうちゃく》した。

第二の都市にほど近いこの町は、商人や旅人が多く行《い》き交《か》い賑《にぎ》わっている。

治安は良さそうに見えるが、路地裏などはどんな輩《やから》が潜《ひそ》んでいるのかわからない。

果たして、ロイクールはリュシアンをきちんと守っているだろうか。

少し離《はな》れた場所で身なりの良い年若い娘が、ガラの悪い男に絡《から》まれているのを見て不安に思う。周囲に使用人の姿はない。日が暮れると、女性の一人歩きは危険だ。

娘の足元に旅行鞄があるので、家出でもしてきたのか。

リュシアンと年頃が同じくらいに見えたので、ついつい重ねて見てしまう。

「おい、姉ちゃん、ちょっと酒に付き合えや」

「止《や》めて! 放しなさい!」

コンスタンタンは溜《た》め息《いき》を一つ落とし、騒ぎに接近する。そして、女性に絡む男の腕を取って言った。

「おい、嫌がっているのが見えないのか?」

「なんだ、お前は! どこのどいつだ!」

「名乗るほどの者ではない」

「はあ⁉」

男は分かりやすく激昂《げきこう》し、コンスタンタンに殴《なぐ》りかかってくる。

ただ、酒を飲んでいるのだろう。足元がふらつく男はコンスタンタンの敵ではなかった。

男が振り上げる拳を除《よ》け、逆に腕を取って、曲がってはいけない方向に捻《ひね》る。

「い、痛い、痛い、痛い！　ク、クソ、何をしやがるんだ！」

「このまま騎士隊に突《つ》き出されるか、大人しく家に帰るか、選ばせてやる」

「な、なんだと⁉」

「騎士隊に突き出されたいようだな」

「い、いや、帰る！　家に、帰るから！」

手を放したら、男は体の均衡《きんこう》を崩して地面に転がる。しかし、すぐに起き上がり、脇目《わきめ》もふらずに逃げていった。

「あ、あの、ありがとう。助かったわ」

助けた女性は深々と頭を下げ、礼を言ってくる。

アーモンド形をした亜麻色《あまいろ》の瞳は潤《うる》んでいた。その上、品のいいカシミアの外套《がいとう》はわずかに着崩れている。乱暴な手つきで男に絡まれたのだろう。気の毒なことだとコンスタンタンは思った。

「怪我《けが》は？」

「ええ、大丈夫《だいじょうぶ》よ」

育ちのよさが、立ち姿からにじみ出ている。

パールグレイの髪《かみ》をきれいに編み込み、計算されたおくれ毛を垂らした美しい娘だった。

道行く男は、娘を振り返って見ている。それほど美人なのだ。

「この時間帯は、酔《よ》っ払《ぱら》いがうろついている。早く、宿に行ったほうがいい」

「あ、ありがとう」

「予約はしているのか？」

「いいえ、していないわ」

彼女《かのじょ》に構っている場合ではないが、このまま放っておいたら安宿に泊《と》まって大変な目に遭《あ》いそうだ。

どうせ、コンスタンタンも宿に調査に行く予定だった。仕方がないので、最後まで面倒《めんどう》を見てやることにした。

「宿まで案内する」

「いえ、大丈夫だから」

「いいからついて来るんだ」

「……はい」

まず、街に入ってすぐにある宿屋は、そこそこ部屋がよく食事もおいしい。食堂は昼夜問わず賑わっているのだ。

以前、コンスタンタンもここの宿に泊まっている。

「だがここは、ガラの悪い奴らも出入りする。女性の一人旅での宿泊はオススメできない」

「そうなのね。知らなかったら、ここに泊まっていたと思うわ」

あの場で別れなくてよかったと、コンスタンタンは思った。

中央街を抜《ぬ》け、貴族御用達《ごようたし》の店が並ぶ通りに出てくる。その中にある高級宿までコンスタンタンは案内した。

「ここの宿ならば、安全だろう」

「本当に、なんとお礼を言っていいのか」

「礼など必要ない」

「あなた、お名前は？　せめて、お礼の品だけでも贈《おく》らせていただきたいのだけれど」

「気にするな。これでも騎士だ」

「まあ、騎士様だったのね！」

私情で動いていることもあって、私服だった。今日は革のジャケットにズボンというシンプルな恰好《かっこう》をしている。

「私は、ソレーユ・ド・デュヴィヴィエ。またお会いすることがあったら、必ずお礼をさせていただくわ」

ソレーユと名乗る娘の家名を聞いて、コンスタンタンは瞠目《どうもく》する。

デュヴィヴィエは公爵家《こうしゃくけ》。国内の五本指に入るほどの名家だ。なぜ、デュヴィヴィエ公爵家

精肉店の店主の額に汗《あせ》が浮《う》かんでくる。

ロイクールが精肉店の店主と取り引きしたのは、コンスタンタンが以前宿泊《しゅくはく》した宿だったようだ。そこに、リュシアンもいるのだろうか。すぐに、確認に行かなければならない。

時間がもったいない。コンスタンタンは精肉店の店主に、さっさと止《とど》めを刺《さ》すことにした。

「生鮮肉取り引き契約書《けいやくしょ》を見せてくれないか？　ガチョウを売った男というのが、確かな畜産農家か気になる」

「あ、いや――あ、このガチョウは、タダであげよう。さあ、持ち帰れ！」

ガーとチョーが入っていたケージは精肉店の店主の手によって開かれる。

ようやく解放されたからか、ガーとチョーはコンスタンタンのもとへバタバタと走ってやってきた。そして、怖《こわ》かったとばかりに、翼を広げてヒシッと抱《だ》き着《つ》いて離れない。

「いい、買い物だっただろう？　そ、それじゃ！」

ここで別れるわけにはいかない。ガーとチョーは助けられたが、今後も似たような形で大事な動物を勝手に売られたという人が出たら困るだろう。

ちょうど、二人組の騎士《きし》が通りかかった。

コンスタンタンは引き留め、ガーとチョーが勝手にロイクールに売られた件についてと、生鮮肉取引法を守っていない可能性がある精肉店の店主について通報した。

騎士はすぐさま、精肉店の店主に話を聞きに行ってくれた。あとの問題は、彼らが解決してくれるだろう。

コンスタンタンは町の中央街付近にある宿へ急ぐ。

ガーとチョーは勇ましくガアガアと鳴き、あとに続いた。


リュシアンはコンスタンタンが以前泊まった宿にいる――!

なぜ、街に辿《たど》り着いた時に調べなかったのかと自分を責める思いと、ロイクールに対する燃えるような怒りが同時に押《お》し寄《よ》せる。

焦燥感《しょうそうかん》に苛《さいな》まれ、視界がぐらりと歪《ゆが》んだ気がした。

怒りが最大値にまで跳《は》ね上《あ》がると、人はこうなってしまうのか。

猛烈に怒《おこ》るコンスタンタンとは別に、冷静に分析《ぶんせき》するコンスタンタンもいた。

ガーとチョーがガアガア鳴き始めたので、ハッとなる。

余計なことを考えている場合ではない。今はリュシアンを救出することだけに集中しなければならない時だった。


宿に辿り着き、速足で中へと入る。

私服であったが、騎士の証明である腕輪《うでわ》を宿屋の店主に見せて話を聞くことにした。

「ここに、若い女性、リュシアン・ド・フォートリエが、宿泊していただろう?」

「え、ええ、おりました」

宿屋の店主は、コンスタンタンの迫力にたじろいでいる。

息を整え、なるべく圧力を与えないように話しかける。

「彼女は……？」

「昨日、若い男性と口喧嘩《くちげんか》をされていたようで」

「若い男性？」

「眼鏡をかけていて、育ちの良さそうな男です」

「ああ」

ロイクールだろう。リュシアンは昨日、ロイクールと口喧嘩をしていた。

元気な証拠である。

ただ、喧嘩の内容はコンスタンタンが想像もしていないとんでもないものだった。

「なんでも、二人で、コンスタンタンという一人の男性を猛烈に奪《うば》い合《あ》っていたようで」

「は？」

「二人して、コンスタンタン、コンスタンタン、コンスタンタンとしきりに繰《く》り返しておりました。食堂では、コンスタンタンとはいったいどんな色男なんだと、噂《うわさ》になっており――」

「……」

どんな状況《じょうきょう》になったら、コンスタンタンの名前を何度も呼ぶような事態となるのか。

コンスタンタンは眉間《みけん》に皺《しわ》を寄せ、深い溜め息をつく。

「それで、今は――」

「ああ、なんでも、熱が上がってお倒《たお》れになって、今は二階の部屋で伏《ふ》せっているようです」

やはり、リュシアンは風邪《かぜ》を引いていたようだ。

この肌寒《はださむ》い中、薄着《うすぎ》で旅をしていたのだ。無理もない。

「それは、どこの部屋だ？」

「階段を上がって二階の二番目の部屋です」

騎士様だからと、宿屋の主人は部屋の鍵《かぎ》を渡《わた》してくれた。

コンスタンタンは階段を駆《か》け上がる。ガーとチョーも置いて行かれないよう、コンスタンタンのあとに続く。

二階の二番目にある部屋の扉《とびら》を叩《たた》く。

「アン嬢！　アン嬢！　私だ！」

女性の部屋なので、勝手に入ることはできない。返事があるのを待ったが、想定外の物音が中から聞こえた。

寝台《しんだい》から転がり落ちたような、ドッ！　という重たい音が聞こえたのだ。それから、食器が割れるような音も。

「アン嬢!!　どうかしたのか!?」

返事はなかったが、もう一度食器の割れる音がした。もしかしたら、風邪が悪化して苦しむ中、無理に起きようとして倒れてしまったのではないか。

コンスタンタンはそう思い、一言謝《あやま》ってから中へと入る。

「アン嬢、すまない。中へ入る！」

解錠し、扉を開く。

そこは、高額の部屋ではないようだ。入ってすぐ寝台があるだけという、シンプルな安価な部屋だった。

部屋に蹲《うずくま》り、倒れていたのは――眼鏡をかけた育ちが良さそうな男、ロイクール。

「は？」

コンスタンタンは想定外の状況に呆然《ぼうぜん》としていたが、ガーとチョーは違った。

ガアガアグワグワと攻撃的《こうげきてき》な声で鳴き、ロイクールに接近する。

「い、痛い、こら、止めろ、痛い！」

ガーとチョーは、ロイクールを蹴《け》り、翼で殴り、嘴《くちばし》で突く。

ありとあらゆる攻撃を繰り出し、コテンパンにしていた。

そんなガーとチョーに、コンスタンタンは声をかける。

「おい、眼鏡をかけているから、目を突いても無駄だ。突くなら、眼鏡の下を狙《ねら》え」

「な、何を言っているのですか！　ば、馬鹿《ばか》なんですか！　い、痛い!!」

ガーとチョーはコンスタンタンの助言を聞き、瞼《まぶた》を突き始めた。この辺で、待ったをかける。

すると、ガーとチョーはピタリと動きを止め、コンスタンタンのもとへ戻ってきた。

助けた恩義からだろうか。随分《ずいぶん》と言うことを聞くようになった。

風邪を引いて伏せっている者というのは、リュシアンではなくロイクールだった。

今すぐ殴り飛《と》ばしたい気持ちがふつふつと湧き上がっていたが、コンスタンタンは騎士である。暴れる理性を抑《おさ》えつけているのは、騎士であるという意識だ。

騎士でよかったと、今、心から感謝していた。

そうでなかったら、ロイクールをひと目見た瞬間に殴り飛ばしていただろう。

暴力では、何も解決しない。

赦《ゆる》すことを覚え、怒りに自らを支配させないこと。

コンスタンタンは己《おのれ》の中にある理性をかき集め、ロイクールに問いかけた。

「お前……アン嬢はどこにいる？」

「……」

コンスタンタンはロイクールの胸倉《むなぐら》を掴《つか》み、もう一度同じことを問いかけた。

「アン嬢は、どこにいるんだ？」

「し、知りません！」

「知らないわけがないだろう？　お前が、アン嬢を王の菜園から連れて行った！」

「そ、そうですが、今は、どこに行ったか、知りません」

「詳《くわ》しいことを話せ。もったいぶるな」

「……」

ロイクールは歯を食いしばり、頑《かたく》なな態度を崩そうとしない。

ここで、以前リュシアンが言っていたことを思い出す。

それは、部下たちの適当な仕事に困っていた時の話だ。

なぜ、言うことを聞かないのか。そんな弱音をコンスタンタンはポツリと零《こぼ》してしまった。

そんなコンスタンタンに、リュシアンは言った。人付き合いは、自らを映す鏡であると。恐《おそ》れたら、相手も恐れる。逆に、笑顔《えがお》で接したら、相手も笑顔になるのだ。

大切なのは、相手を想《おも》う心。それができていないと、すれ違ってしまう。

正直、コンスタンタンの心のどこかに、部下に対してよく知りもしないのに見くびる気持ちがあったのかもしれない。

その日以降は、しっかり部下一人ひとりを見て、付き合うことに決めたのだ。すると、どんどん態度が軟化《なんか》していった。

ロイクールにも、結局部下たちと同じことをしていたのだろう。

コンスタンタンは、ロイクールを見下していた。

リュシアンを誘拐したことは赦せないことである。けれどその事実をいったん呑《の》み込み、見下していたことを反省して、コンスタンタンは真正面からロイクールに接する。

胸倉から手を離し、コンスタンタンは再度語りかけた。

「アン嬢を大事に想う心があるのならば、知っていることのすべてを話してほしい」

ロイクールはコンスタンタンから顔を逸《そ》らした。

震《ふる》える唇《くちびる》をぎゅっと噛みしめ、悔《くや》しそうな表情を浮かべている。

「ランドール卿《きょう》、頼む」

最後に、コンスタンタンは頭を下げた。

ロイクールはコンスタンタンの誠意を感じ取ったからか、ポツリポツリと話し始めた。

「アンは、ガラの悪い男に連れ去られてしまいました。私はそのあと、倒れてしまい……」

「ガラの悪い男というのは？」

「すみません、よくわかりません。ただ、黒い熊《くま》の紋章《もんしょう》のような腕章《わんしょう》を付けていたので、何かの組織の構成員なのかもしれません」

「男の特徴《とくちょう》は？」

「眉間から目の下まで走る大きな傷がありました。鉛色《なまりいろ》の髪に、茶色い目、ガタイがよくて、ナイフや鞭《むち》など、武装もしています」

黒い熊の紋章、それから男の特徴――これだけ情報があれば、あとはコンスタンタン一人でも調査できるだろう。

ロイクールは話し終えた瞬間、ポロポロと涙《なみだ》を流し始めた。

「す、すみません、でした。体調がよくなったら、すぐに助けに向かうつもりだったのですが……。本当に、申し訳ないと……」

「私に謝るのではなく、アン嬢に謝ってくれ」

「で、ですが、私が連れて行かなければ、こんなことには……」

「そう思う気持ちが強いのであれば、騎士隊に行って、事情を説明しに行け」

「……」

ロイクールは小さく頷《うなず》いた。

「ア、アンを、助けて、ください……。お、お願い、します……」

「言われなくとも」

コンスタンタンはそう短く返事をして、宿を飛び出す。

もちろん、ガーとチョーもあとに続いた。

コンスタンタンはまず、街の騎士隊の詰め所《つめしょ》へ向かった。

受付にいた騎士に身分と名前を示し、ことの顛末《てんまつ》を軽く話す。

「王の菜園で農業指導をしていたリュシアン・ド・フォートリエが婚約者《こんやくしゃ》ロイクール・ド・ランドールに無理やり連れて行かれ、ここの街に辿り着いたのだが、黒い熊の腕章を付けた、額に傷のある男に連れ去られてしまい――」

受付の騎士は、コンスタンタンの話よりも、背後にいるガーとチョーが気になってたまらないようだった。チラチラと、ガチョウばかり気にしている。

「――というわけだが、もう一度説明したほうがいいだろうか?」

「あ、いえ、大丈夫《だいじょうぶ》です!　す、すみません」

黒い熊の腕章を付けた男について、何か知っているか情報提供をしてくれないかと頼み込む。

加えて、事件解決のために力を貸してくれるよう頼み込んだ。

「上の者に報告してきますので、待合室でしばしお待ちください」

「ああ、わかった」

待っている時間がもどかしい。その間、リュシアンが怖い目に遭っているのではと思ったら、座《すわ》ってなどいられなかった。

紋章を付けているということは、その辺のゴロツキではない。何かの徒党を組んでいる輩なのだ。

単独で突っ込んでも、コンスタンタンに勝ち目はない。

そのため、騎士隊の協力が必要なのだ。

五分後、騎士隊駐屯地《ちゆうとんち》の隊長が直々にやってきた。

四十代くらいの、黒髪に白髪《しらが》が交じった筋骨 隆々《りゆうりゆう》の騎士である。

彼はガチョウなど気にせず、話を進める。

簡単に挨拶《あいさつ》を交わし、すぐに本題へと移った。

「まず、婚約者ロイクール・ド・ランドールについて聞きたい。なぜ、婚約者なのに、フォートリエ子爵家《ししやくけ》の令嬢は嫌《いや》がっていた？」

嫌がっている、というのはリュシアンから直接聞いたわけではない。しかし、合意の上ならば、誘拐するように連れ去ることはしないだろう。

コンスタンタンはそれらの事情も含《ふく》めて話す。

「彼女は王の菜園で農業指導を行っておりました。それだけでなく、他にも仕事を抱えている中、彼女の意思を無視して着の身着のままで連れ帰ったのです」

「なるほど、な」

いくら婚約者でも、誘拐することは赦されない。

「ランドールは、今どこにいる？」

「街に入ってすぐにある、宿屋です」

「彼は一時的に拘束《こうそく》し、話を聞くことにしよう」

一応、ロイクールは風邪を引いて発熱し、動ける状態ではないこと。具合がよくなったら、騎士隊に事情を話しに行くつもりだったことを告げておく。

「だから、その者をここに連れてこなかったのだな」

「具合を心配しているというわけではなく、連れてきたら足でまといになると思ったのです。一刻も早く、リュシアン嬢を助けたかったので」

ロイクールを引きずってでも連れてくるべきだったのか。考えるが、沸騰《ふっとう》している頭の中では、何が最善であるか考えることは難しい。

反省はあとだ。

今は、リュシアンの救助を一番に考える。

「わかった。ロイクール・ド・ランドールは今すぐ拘束し、フォートリエ子爵家令嬢の救助作戦本部を開く」

コンスタンタンは深々と頭を下げた。

「黒い熊の腕章を持つ組織は、把握《はあく》している。傭兵《ようへい》上がりの集団で、下町で商売を始めているのだが、何度も問題を起こし、騎士隊も手を焼いている存在だ」

業種は飲食で、酒を提供し、女性と共に飲み食いする店のようだ。

そこで、リュシアンを働かせようとしているのだろうか。コンスタンタンは拳《こぶし》を握り、怒りを必死に抑える。

「二時間で準備をするから、もうしばらく待ってくれ」

「はい」

人員の確保、武装の用意、作戦を練る時間など、出動するまで時間が必要なのだ。

コンスタンタンは精神統一するため、静かに過ごす。

ガーとチョーは一言も鳴かずに、コンスタンタンを挟《はさ》んで大人しく座っていた。

二時間後――騎士隊は下町の酒場に向かった。

そこは、薄暗《うすぐら》い路地裏にある平屋建ての店。今にも崩壊《ほうかい》しそうなボロ屋で営業していた。

逃《に》げないよう、裏口と窓に騎士を配置しておくようだ。準備は整った。

隊長が扉を叩きながら、声をかける。

「おい、話がある！　ここを開けろ」

店の出入り口は鍵がかかっていた。中から人の気配があるものの、扉は開かない。

突然《とつぜん》、窓から火炎瓶《かえんびん》が騎士隊に向かって投げられた。

ガラス窓を突き破《やぶ》り、地面に落ちた途端《とたん》に炎上《えんじょう》する。

どうやら酔っ払いが撒《ま》いた酒が、地面に広がっていたようだ。

騎士は散り散りとなって、炎《ほのお》から退避《たいひ》する。ガーとチョーもガアガア鳴きながら、逃げていた。

隊長が合図を出したので、コンスタンタンは店の扉を蹴り破った。

突入《とつにゅう》開始である。

正面入り口と窓、裏口から一気に騎士が押し入った。

内部はあまり広くない。

カウンター席があり、奥《おく》にある棚《たな》には酒がまばらに置かれていた。円卓《えんたく》は四つ。酒瓶《さかびん》が落ち、食事をし終えたあとの皿が放置されている。床《ゆか》は清潔な状態ではなく、油でベタベタしていた。

そんな酒場に、ナイフや剣《けん》を持ち、革製鎧《レザーアーマー》をまとった、武装した男達《たち》がいた。数は十五名ほど。

コンスタンタンは単独で挑《いど》まなくてよかったと、心から思った。冷静な判断力を欠いていたら、一人で向かっていたかもしれない。

目と目があった瞬間に、戦闘《せんとう》となった。

室内戦闘では、いつも使っている両手剣は不利となる。コンスタンタンは刃《は》が短い片手剣を抜いた。

元傭兵だと聞いていたが、最近は戦っていないので腕《うで》がなまっているのか。コンスタンタンの敵ではなかった。

頭を狙って振《ふ》り上げた相手の剣を、剣の平で受け止めて軌道《きどう》を逸らす。大きく振りかぶった剣は空振《からぶ》りとなった。相手がよろけた隙《すき》に、急所である腹部に拳を叩き込んだ。

ガーとチョーもリュシアンのため、果敢《かかん》に戦っていた。

ガーは飛び上がって翼で視界を覆《おお》い、チョーは連続蹴りを繰り出《だ》す。なかなか息が合った連《れん》携技《けいわざ》だ。

「クソ、何事だ!!」

カウンターから、男が出てくる。

ロイクールが言っていた、額に傷がある大男だ。どうやら、店の地下に隠《かく》し部屋があるらしい。カウンターに上がり、戦っている男達に「騎士は全員店から追いだせ！」と命じていた。

コンスタンタンはまっすぐに、その男へ向かう。

額に傷のある男は、刃が反り返った短刀《シミター》を手にしていた。コンスタンタンに向かって、カウンターから跳《と》びながら振り下《お》ろしてくる。

ひらりと躱《かわ》し、床に膝《ひざ》を突いて剣を振り下ろした状態になったのと同時に相手の短刀を蹴り上げる。短刀は宙をくるくると舞《ま》った。

素早《すばや》く剣の切っ先を突き出し、問いかけた。

「アン嬢をどこにやった？」

「……」

「言え。今すぐ言わないと――」

ジロリと睨《にら》み、どうするかは口にしなかった。

「ち、地下にいる！　田舎者《いなかもの》の娘《むすめ》を集めて、牢屋《ろうや》に閉じ込めているから」

「！」

男は騎士の手によって、拘束された。男がベルトに下げていた鍵を取り、コンスタンタンはすぐさまカウンターにある隠し階段から、地下部屋へと下りていった。

酒場の地下は意外と広い。下町一帯の地下部屋は、繋《つな》がっているようだ。

先の見えない一本道が通っている。

ジメジメしていて、薄暗い上にかび臭《くさ》い。そのような場所に、若い娘達《むすめたち》が集められていた。

廊下《ろうか》には、等間隔《とうかんかく》で蝋燭《ろうそく》が置かれていた。点《とも》る火は、不安を煽《あお》るような弱々しさだ。

「誰《だれ》かいるのか⁉」

「こ、ここに！」

「お助けを！」

若い娘の声が聞こえたので、コンスタンタンは走って向かう。

突《つ》き当たりに牢屋があって、女性達が閉じ込められていた。

鍵で開いてやると、中にいた娘達が押し寄せる。

リュシアンはどこにいるのか。もう大丈夫だと声をかけながらも、必死にリュシアンを捜《さが》す。

他の騎士がやってくると、娘達はそちらのほうへ走っていく。小さな牢屋の中に、二十名ほどの娘達がぎゅうぎゅうに収容されていたようだ。

最後の最後になって、リュシアンが姿を現した。

「アン嬢！」

「コンスタンタン様！」

目と目があった瞬間、コンスタンタンはリュシアンを抱擁《ほうよう》する。

「怪我はないか？」

「はい、ありません」

「怖かっただろう？」

「コンスタンタン様が助けに来てくださったので、何もかも吹《ふ》き飛びました」

もう何も恐ろしいことは起きない。コンスタンタンはリュシアンを安心させるように、もう大丈夫だと囁《ささや》いた。

一度離《はな》れ、リュシアンの顔色を覗こうと蝋燭を拾い上げて照らす。

すると、リュシアンは一歩下がり、コンスタンタンから顔を背《そむ》けた。

「すまない。眩《まぶ》しかったか？」

「い、いいえ。そういうわけではありませんの」

だったら、どういうことなのか。深く聞いていいものか迷ってしまう。

事情はわからないが、もう一度謝《あやま》っておいた。

「すまなかった」

「いいえ。コンスタンタン様は悪くありません。悪いのは、その、わたくしで……」

「アン嬢が、悪い？」

「そう、なのです」

ますますわからない。だが、この問題には触《ふ》れないほうがいいことだけは察する。

「話はあとにする。とりあえず、上に戻《もど》ろう」

「あの、い、今、聞いていただけますか？」

「しかし」

「どうせ、上に行ったら一目瞭然《いちもくりょうぜん》なのです」

「アン嬢、それはいったい――？」

リュシアンは蝋燭が載《の》った皿を手に取り、まっすぐコンスタンタンを見た。

「えっと、この通りでして」

「？」

何がこの通りなのか。コンスタンタンは頭上に疑問符《はてな》を浮かべる。

顔色は悪くない。頬《ほお》がこけている様子もない。意外と元気そうでよかった、という感想しか浮かんでこない。

「コンスタンタン様、この薄暗い中では、わかりませんか？」

「すまない。まったくわからないのだが」

「わ、わたくし、肌《はだ》が日焼けして、そばかすが散っているでしょう？」

言われて見たら、いつものリュシアンと様子が違う。化粧《けしょう》が落ちてしまったようだ。

日焼けしていると言うが、浅黒いわけではない。ごくごく平均的な肌の色だ。そばかすだって、コンスタンタンのいる位置からはわからない。

「あの、アン嬢、私には、まったく何がおかしいのかわからないのだが」

「で、では、地上に上がりましょう」

リュシアンはコンスタンタンの手を握《にぎ》り、ずんずんと前を歩く。

囚《とら》われの身となり落ち込んでいると思いきや、リュシアンの背中は活気に溢《あふ》れていた。掴《つか》む手も、力強い。

地上に上がると、窓から夕陽《ゆうひ》が差し込んできたのでコンスタンタンは瞼を細める。

ゴロツキの姿はなく、騎士が連行したようだ。女性達も保護され、安堵した表情を見せていた。

ふいに、リュシアンがコンスタンタンを振り返《かえ》った。

夕陽に照らされたリュシアンが、不安そうにコンスタンタンを見つめている。

そこでようやくリュシアンが言いたかったことに気づいた。

リュシアンは化粧をして、肌を白くしていたようだ。透《す》けていた青い血管も、描《えが》いていたものらしい。

素顔《すがお》の彼女は、実に健康的だった。消えてなくなってしまいそうな儚《はかな》さは、どこにもない。

「こ、この通り、わたくしは、コンスタンタン様に、嘘《うそ》を――」

おそらく、リュシアンは世間の令嬢《れいじょう》の多くが白い肌であるのに対し、白くない肌に劣等感《れっとうかん》を抱《いだ》いていたのだろう。ならば、コンスタンタンが言うべき言葉は一つしかない。

「もう、隠す必要はない。それは、悪いことではないのだから」

コンスタンタンがそう言った瞬間、リュシアンは涙をポロリと零す。

そんな彼女にコンスタンタンはハンカチを手渡《てわた》し、頭巾《ずきん》の付いた外套《がいとう》を肩《かた》からかけてあげた。

◇◇◇

事件の発端は、元傭兵と店で働く女性らが対立したことだった。

店は女性達《たち》がいなければ回らない。それなのに、女性達を軽《かろ》んじ、雇《やと》っている自分達が偉《えら》いのだと言い返した。その結果、女性達はいなくなってしまった。

客の酒を注いだり、給仕《きゅうじ》をしたり、料理を作ったりする女性達がいなければ、店は営業できない。

自尊心だけは人一倍高い元傭兵達は、女性達に謝罪して戻って来てもらうということができなかったようだ。

どうすれば元通り営業できるのか。

頭を捻《ひね》って出た答えが、田舎《いなか》からやってきた出稼《でかせ》ぎの女性に働かせること。

しかしながら、元傭兵達は見た目が強面《こわもて》の者が多い。そのため、声をかけても働きたいと言う者はいなかった。

再び、元傭兵達は考える。

ようやく捻り出した答えが、無理やり連れてきて、牢屋に閉じ込めた状態で脅《おど》す。そうしたら、言うことを聞くのではないのかと。そんな馬鹿馬鹿《ばかばか》しいとしか言いようがない作戦の最中だったようだ。

幸いと言うべきか、女性達が閉じ込められたのは半日程度。リュシアンは数時間だったらしい。加えて、暴力行為《こうい》は受けていないと。

それでも、怖かったことに変わりはない。

元傭兵達は全員拘束され、今度は自分達が牢屋に入ることになる。

事情聴取《ちょうしゅ》を終えたリュシアンが出てきた。

ガーとチョーが、クワクワという甘《あま》えるような鳴き声をあげながらリュシアンを迎《むか》える。

「コンスタンタン様、お待たせしました」

自分達もいると、ガーとチョーは主張していた。

「ガーとチョーも、お待たせしましたね」

「アン嬢、疲《つか》れていないか？」

「ええ、大丈夫です」

リュシアンが無事でよかった。コンスタンタンは心から、彼女《かのじょ》の強さと幸運に感謝した。

待っている間、コンスタンタンはリュシアンとロイクールの実家、そしてアランブール伯爵家に早馬を打った。

リュシアンを救出したという一報は、皆《みな》を安堵させるだろう。

「今日、一泊《ぱく》して、明日、フォートリエ子爵家のほうへ行こう」

「わたくしの実家に？」

「ああ。誘拐《ゆうかい》されたと聞いて、アン嬢とランドール卿はフォートリエ子爵家にいると思い、真っ先に向かったのだ」

「わたくし達、コンスタンタン様に抜《ぬ》かされておりましたのね」

「戻っていないと聞いて、肝《きも》をつぶしてしまった」

「ご心配をおかけしました」

「アン嬢は悪くない。悪いのは――」

と、ここで騎士と共に、誰かが連行されてくる。

それは、ロイクールだった。

今まで宿で事情聴取をしていたらしい。立って歩けるようになったというので、騎士隊に連行されているようだ。

ガーとチョーは急にガアガアと鳴き、ロイクールを威嚇《いかく》している。

ロイクールはガチョウの迫力《はくりょく》にぎょっとしながらも、喋《しゃべ》りかけてくる。

「あの、アン！」

「……」

リュシアンは素早くコンスタンタンの背後に隠れる。コンスタンタンはマントを広げ、リュシアンの姿を隠した。

ガーとチョーは激しく鳴いて、ロイクールを追い返そうとしていた。

「アン、申し訳ありませんでした。なんと、詫《わ》びたらいいのか」

「謝罪など、聞きたくありません」

「本当に、申し訳ないと、思っています」

ロイクールは騎士に背中を押されるが、その場に踏《ふ》ん張《ば》り続ける。

「アン、その、私を殴《なぐ》ってください！」

いったい何を言っているのか。呆《あき》れてしまう。

ロイクールを殴っても、罪がなくなるわけではない。彼《かれ》自身が殴られたことによって、しでかしたことを帳消しになると思われても困る。

「お願いです、アン！」

「おい、止め――」

「わかりましたわ」

あろうことか、リュシアンは拳を握って前に出てくる。

「ア、アン嬢《じょう》……拳は、ちょっと……」

「コンスタンタン様、大丈夫です。ちょっと、おしおきをするだけですので」

想定外の事態となった。

リュシアンはロイクールの前に立ち、手を振り上げる。そして、パン！　と音と共に、ロイクールの悲鳴が聞こえた。

「うぎゃ!!」

リュシアンはロイクールの頬を思いっきり叩いたようだ。拳ではなく、手のひらで。

ロイクールはのけ反って倒れそうになったが、騎士の一人が体を支えてくれた。

「うっ……………ア、アン、いいえ、リュシアン嬢、その、ありがとう、ございました」

ロイクールは騎士に背中を押され、よたよたと歩いていく。なんとも情けない、後ろ姿だった。

「アン嬢、今のは痛かっただろう？」

「ええ、でも、ランドール卿が望んでいたことですので」

リュシアンは自分の怒《いか》りをぶつけたのではなく、ロイクールのために叩いたのだ。

会心の一撃《いちげき》だったので、叩いた手は痛かっただろう。

もう、心配はいらない。そんな言葉をかけようとしていたら、再び声をかけられる。

「あら、アランブール卿ではないですか！」

やってきたのは、ロイクールの父、ランドール辺境伯《へんきょうはく》である。

コンスタンタンは首を傾《かし》げる。ランドール家の領地まで、早馬はこんなに早く到着《とうちゃく》しないだろう。

「あの、なぜ、ここに？」

「近くの町まで来ていたのですよ。そこで、偶然《ぐうぜん》早馬と会いまして。うちの愚息《ぐそく》を見事、拘束したとかで」

ここで、ランドール辺境伯はリュシアンを発見し、深々と頭を下げた。

「リュシアン嬢、今回の件は、本当に申し訳ないと思っています。すべては、私の責任です」

「いえ……」

「愚息との婚約《こんやく》は、白紙に戻しておきました。そして、今後二度と愚息がリュシアン嬢に近寄らないようにいたします」

今度から、ランドール辺境伯直々に根性《こんじょう》を入れなおすという。

その手には、バラ鞭が握られていた。

「ちょっと、愚息のお尻《しり》をぺんぺんしてきますねえ」

「……」

「……」

もう一度、ランドール辺境伯は深々と頭を下げ、騎士隊の建物の中へと消えて行った。

コンスタンタンはゴホンと咳払《せきばら》いし、リュシアンを食事に誘《さそ》う。

「アン嬢、食事をしに行こう。店を予約している」

「まあ、ありがとうございます。安心したら、お腹《なか》が空《す》いたような気がいたします」

「それはよかった」

コンスタンタンはリュシアンを夜景が綺麗《きれい》に見える店に連れて行った。

入り口で、ガーとチョーが本日のメインに使う食材と勘違《かんちが》いされてしまったが、誤解を解いて中へと連れて行った。そこの店は個室で、愛玩《あいがん》動物の連れ込みは許可されていた。しかし、ガチョウを連れてくるとは思っていなかったのだろう。

リュシアンとコンスタンタンは食事を楽しみ、そのあとは宿で一晩明かす。

もちろん、別々の部屋で。

翌日、フォートリエ子爵家を目指し、馬を走らせた。

お嬢様は厚化粧を止めてみる

リュシアンのために、ランドール家から侍女《じじょ》が宿に派遣《はけん》されていた。

ドレスや化粧品など、必要な物を持って、世話をするようにランドール辺境伯から命じられていたようだ。

本当にありがたいとリュシアンは心から感謝する。

着ているワンピースは古着で、髪《かみ》は手入れができておらず跳ね広がっている。

とても、人前に出られるような恰好《かっこう》ではなかったのだ。

侍女がいなければ、清潔で華《はな》やかな状態を維持《いじ》するのは難しい。一人では、何もできないのだ。今回、ひしひしと痛感してしまった。

ロイクールに攫《さら》われ、誘拐した本人が熱で倒れてしまったために一人旅を決意する。それが、間違《まちが》いだったのだろう。

ランドール家と実家の関係が悪化することなど考えずに、騎士隊《きしたい》に助けを求めればよかったのだ。おかげで、コンスタンタンに迷惑《めいわく》をかけてしまった。

リュシアンは落ち込んでしまう。

ただ、よかったことはある。

日焼けしていて、そばかすがあるリュシアンの肌を、コンスタンタンは隠す必要などないと言ってくれたのだ。それは、とても喜ばしいことだった。

コンスタンタンは肌の白さなど気にしていなかった。リュシアンの心配のすべては杞憂《きゆう》だったのだ。

これで、厚化粧をする必要はない。そう考えたら、心が羽のように軽くなる。

「リュシアンお嬢様、こちらのドレスは、朝までに寸法を調節しておきます。明日には、着られると思いますので」

「ええ、ありがとうございます」

侍女達《じじょたち》に感謝の気持ちを伝え、今日のところは眠《ねむ》りに就《つ》くことにした。

◇◇◇

翌日、リュシアンはオリーブカラーの落ち着いた意匠《いしょう》のドレスを纏《まと》う。立《た》ち襟《えり》で、フリルたっぷりのリボンが胸の前に結ばれていた。腰回《こしまわ》りはキュッと絞《しぼ》られていて、スタイルがよく見える。合わせる編み上げブーツにも、リボンがあしらわれていて可愛《かわい》らしい。

今日は風が強く、冷えるということで、踝《くるぶし》まですっぽりと覆う総丈《そうたけ》の外套が用意される。

朝食は自室で、パンとスープという軽食が用意された。素早く済ませ、身支度《みじたく》を終わらせる。

「リュシアンお嬢様、お化粧はどのようになさいますか？　こちらの、真珠《しんじゅ》パウダーが配合された流行の白粉《おしろい》もご用意しておりますが」

侍女が差し出したのは、貝殻《かいがら》のケースに入った白粉である。白い肌を演出できる、流行の最《さい》先端《せんたん》をいく化粧品らしい。

以前のリュシアンであれば、「お願いします」と返していただろう。

しかし今は違《ちが》う。白い肌を演出する必要などない。

「化粧は薄《うす》くで構いませんわ」

「かしこまりました。他に、何かご要望は？」

「お任せいたします」

これまで重ねるように白粉をはたいていたが、今日はパフで軽く載せる程度。

珊瑚《さんご》色のアイシャドウを引き、コーラルピンクの頬紅《ほおべに》を差し入れる。

口紅はルビーレッド。少々派手だと思ったが、侍女に任せると言った手前、物申すことはできない。

しかし、完成した化粧は、いつものリュシアンと違う。そばかすが薄く散っているのが分かるが、口紅の強い赤が隠してくれるような気がした。

髪型《かみがた》は頬にかかっていた髪をロープ編みにして、左右の毛束を合わせてリボンで結ぶハーフアップにしてもらった。

出発時間ギリギリだったが、なんとか身支度は終わった。

転ばないよう、速足で階段を下りた先にコンスタンタンが待っていた。

「アン嬢、おはよう」

「お、おはようございます」

初めて、薄化粧《うすげしょう》で出てきた。昨日、素顔を見られているので緊張《きんちょう》することではないが、それでもドキドキしてしまう。

「そのドレス、よく似合っている」

「ありがとうございます」

化粧はどうなのか。聞いてみたいような、みたくないような。

だが、どういうふうに見えているのか気になってしまう。勇気を出して問いかけてみた。

「あの、コンスタンタン様、今日のお化粧は、おかしくない、ですか？」

「ああ。アン嬢の表情が、今までよりも明るく見えるような気がする」

「そ、そうですか。それならば、よかったです」

今までは陶器《とうき》のような白さを目指し、白粉を塗《ぬ》りたくっていたのだ。表情も乏《とぼ》しいものだっただろう。

コンスタンタンに明るくなったと言ってもらい、リュシアンは心から安堵《あんど》した。

「ランドール辺境伯が、馬車も用意してくれたらしい。アン嬢は、馬車で移動するといい」

「コンスタンタン様は？」

「私は、フォートリエ子爵から借りた馬がいる」

「もしかして、ラピーですの？」

「そうだが」

「よく、乗りこなせましたね」

リュシアンの父の馬、青鹿毛《あおかげ》のラピーは暴れ馬としても有名だった。父親以外誰も乗りこなせずにいたのだ。それを、コンスタンタンはいとも簡単に騎乗《きじよう》してしまった。

「馬との相性《あいしよう》もある。偶然、よかったのだろう」

「そう、だったのですね」

決して、相性だけではないだろう。コンスタンタンの馬を操《あやつ》る長年の経験も、上手《うま》く乗りこなせた理由の一つなのかもしれない。

美しいフォートリエ子爵領の草原を、コンスタンタンと二人で遠乗りできたら――。そんなことを考えていたが、コンスタンタンに声をかけられて我に返る。

「アン嬢、行こう」

「はい」

コンスタンタンが差し出した手に、リュシアンは指先を重ねる。

手が握られた瞬間《しゆんかん》、リュシアンはホッとした。

コンスタンタンがいたら、大丈夫《だいじようぶ》。もう何も、怖《こわ》いことは起きない。そんな安心感があったのだ。

彼とずっと一緒《いつしよ》にいられたら、どんなにいいか。

ロイクールとの婚約は白紙になったが、この先どうなるか分からない。

「責任？」

「ええ。わたくしはアランブール伯爵家に滞在《たいざい》している中で、事件に巻き込まれました。もしかしたら、この件は表沙汰《おもてざた》になるかもしれません。だから――」

「アン嬢、それは違う。それ以前から、私は結婚したいと考えていた」

「え？」

コンスタンタンは醜聞《しゅうぶん》に晒《さら》されるリュシアンを気の毒に思い、結婚するのではないという。それよりも前から、結婚したいと思っていたと。

「な、なぜ、わたくしと？」

そう問いかけると、コンスタンタンはぎゅっと眉間に皺を寄せる。目が合うと、サッと逸《そ》らされてしまった。

ズキンと胸が痛む。聞いてはいけないことだったのか。

リュシアンがそう思ったのと同時に、コンスタンタンはリュシアンと結婚したい理由を目も合わさずに話し始めた。

「それは、アン嬢がとても明るく元気で、共に過ごしていると心が安らぎ、ずっと一緒にいたいと思う女性だから、だ」

リュシアンの眦《まなじり》に、涙《なみだ》が浮かんだ。コンスタンタンはありのままのリュシアンを見て、結婚したいと望んでいたようだ。

「何よりも、笑顔で畑仕事をしている姿が一番好きだ。とても、生き生きとしていて、その姿は…………美しい、と思っている。結婚できたら、と考えたことは一度や二度ではない。しかし、アン嬢は結婚の意思はないと話していた上に、私のような男には、とてももったいない女性だと、思っていた」

「そ、そんな。もったいないだなんて。わたくしのほうこそ、コンスタンタン様は色白で儚い女性がお似合いだと、思っていましたの」

社交界でもてはやされるのは、守ってあげたくなるような女性だ。猟銃《りょうじゅう》を使いこなしたり、外で働きたがったりする女性に嫁《よめ》の貰《もら》い手《て》などつかない。

「コンスタンタン様のように完璧《かんぺき》な御方《おかた》と結婚するなんて、おこがましいにもほどがあると……」

「完璧？　私がか？」

「はい」

コンスタンタンはすぐに、そんなことなどないと否定した。

リュシアンはコンスタンタンほど立派で真面目《まじめ》な騎士を見たことがないので、いまいち否定されることにピンとこない。

そんなリュシアンを目《ま》の当たりにしたコンスタンタンは、眉間の皺を指先で解《ほぐ》しながら話し始める。

「情けない話なのだが――」

ここで、意外な告白を聞いた。

コンスタンタンの母親は病弱で、肌が白く青い血管が透けて見えていたらしい。そんな母を若くして亡《な》くした結果、肌の白い女性を見ると強い死のイメージを抱き、気分が悪くなっていたと。

「ご、ごめんなさい。わたくし、知らずに肌を白粉で白く塗っておりました」

「いいや、気にしなくていい。アン嬢のおかげで、いつしか白い肌を持つ女性が平気になっていたのだ」

コンスタンタンはだんだんと、肌が白い女性にも元気で健康的な人もいると思うようになっていたようだ。日に日に、白い肌が持つ死のイメージも薄らいでいったと。

「次第に、もしもアン嬢が病弱だとしても、結婚したいと思うようになった。先に私とアン嬢の結婚を決意したのは父のほうで、すぐにフォートリエ子爵家に連絡《れんらく》していたらしい。しかし、その時にはすでにランドール卿との婚約が決まっていて――」

「ええ……」

コンスタンタンとリュシアンはすれ違い、互《たが》いに手と手を取り合うことはなかった。

しかし、二人は両想《りょうおも》いだったようだ。

「アン嬢、気を取り直して、結婚を申し込んでもいいだろうか」

「はい」

コンスタンタンはミモザの樹の前に片膝《かたひざ》を突《つ》き、リュシアンに手を差し出しながら言った。

「リュシアン嬢、私と、結婚してください」

リュシアンは堪《こら》えていた涙を、ポロポロと零《こぼ》す。

やはり、コンスタンタンから求婚《きゅうこん》されたことは、夢ではなかったのだ。

嬉しくて、嬉しくて、涙が次々と頬を伝って流れていく。

そして、震える手をコンスタンタンの指先に重ねた。

「わたくしでよろしければ、喜んで」

その瞬間、コンスタンタンはリュシアンの手を握り、立ち上がって抱《だ》きしめる。

「アン嬢、ありがとう」

「こちらのほうこそ、ありがとうございます。とても、嬉しいです」

コンスタンタンは言葉を返す代わりに、強く抱きしめる。

リュシアンは幸せなひとときを、コンスタンタンと共に堪能《たんのう》した。

こうして、二人は将来を誓《ちか》い合った。

あとは、フォートリエ子爵領にいる父親に報告をするばかりだ。


フォートリエ子爵領まで馬車を走らせる間、リュシアンは顔が綻《ほころ》ばないように我慢《がまん》していた。

目の前にはランドール家の侍女がいるので、思い出し笑いをするわけにはいかない。

だが、それも無理はない。

コンスタンタンがリュシアンに結婚を申し込んだのだ。

しかもリュシアンが大好きな、ミモザの樹の前で。

片膝を突いて、世界でただ一人の姫君《ひめぎみ》に忠誠を誓う騎士のように求婚してくれた。

こんなにロマンティックな出来事は、物語の中でもないだろう。

思い出しては、「はあ」と熱い息をはく。

結婚なんかしたくないと思っていたが、コンスタンタンが相手ならば今すぐにでも嫁《とつ》ぎたい。

きっと、父も喜んでくれるだろう。

リュシアンは逸《はや》る気持ちを抑《おさ》えながら、馬車の中で実家へ辿《たど》り着《つ》くのを待っていた。

ついに、フォートリエ子爵領へと戻ってくる。

馬車は村の入り口までしか入れない。ここで、ランドール家の侍女と別れた。

「短い間でしたが、お世話になりました」

侍女らは会釈《えしやく》を返し、馬車へ乗り込む。

去り行く様子を、コンスタンタンと共に眺めていた。

「おや、リュシアンお嬢様じゃねえか」

声をかけてきたのは、顔見知りの村人である。

「お久しぶりです」

「王都でのお勤めは終わったんですかい？」

「いいえ、少し立ち寄っただけです」

「そうだったんですかい。いやあ、さっきまで、旦那様《だんなさま》がウロウロしていたんですが、リュシアンお嬢様を待っていたんですね」

「父が……」

「お客様がおみえになったら知らせるのでって、声をかけたんですよ」

寒空の下で、リュシアンが戻《もど》ってくるのを待っていたのだろう。

「アン嬢、早く行こう」

「ええ」

コンスタンタンはリュシアンの父から借りている馬ラピーを引き、フォートリエ子爵家の屋《や》敷《しき》を目指す。

その道のりの最中で、思いがけない人物と出会った。

「きゃあ!!」

叢《くさむら》から、頭巾付きの外套を纏った女性が飛び出してきた。

ラピーを見て、悲鳴を上げたようだ。

素早《すばや》くラピーを除《よ》け、リュシアンがいるほうへと回り込んだ。

「び、びっくりしたわ。人の気配があると思って出てきたら、馬がいるのですもの！」

「あの、大丈夫、でしたか？」

「ええ。怪我《けが》はないわ」

腰に手を当て、堂々たる態度で立つ女性は、とても美しかった。

猫《ねこ》の目のように吊《つ》り上《あ》がった亜麻色《あまいろ》の瞳《ひとみ》は、自信に溢れている。彫像《ちょうぞう》の女神《めがみ》のように目鼻立ちは整っていて、口角は上を向いていた。

パールグレイの髪は絹のように輝《かがや》いていたが、森の中を彷徨《さまよ》っていたのか葉っぱが付いていた。

リュシアンは手を伸《の》ばし、葉っぱを取ってあげる。

「あら、ありがとう」

「いえ」

その後、女性にじっと見つめられる。リュシアンは顔に何か付いているのかと、頬に手を当てた。

「ねえ、あなた、フォートリエ子爵家のお嬢様？」

「そ、そう、です」

「私は、ソレーユよ。訳あって、家名は名乗れないのだけれど」

「わたくしは、リュシアンと申します」

互いに会釈し合う。

「私、あなたを捜《さが》していたの」

「わたくしを？」

「ええ。とある社交場で、あなたの結婚が決まったと聞いて、侍女を捜しているんじゃないかと思って」

「侍女……」

結婚の話が本格的に進むのならば、侍女はロザリーだけでは足りないだろう。最低でももう一人必要だ。しかし、それを決めるのはリュシアンではなく父親である。

ソレーユはリュシアンの両手を握《にぎ》り、必死な様子で訴《うった》えた。

「私、実家から勘当《かんどう》されて、困っているの！　雇《やと》ってくれたら、嬉しいのだけれど」

「あの――」

「ちょっと待て」

間に割って入ったコンスタンタンを見たソレーユが、目を丸くする。

「あ、あなた、通りすがりの騎士その一!!」

「コンスタンタン・ド・アランブールだ」

「まあ、アランブール家の御方でしたのね」

どうやら、ソレーユとコンスタンタンは顔見知りのようだ。

「申し訳ないが、今、急いでいる。話はこちらの用事が終わってからにしてほしい」

「そうよね。ごめんなさい」

リュシアンはソレーユを家に招くことにした。

◇◇◇

久しぶりに、フォートリエ子爵家に戻ってきた。

騒《さわ》ぎを聞いていた使用人達《たち》は、涙目で迎《むか》えてくれた。

「旦那様と奥様《おくさま》がお待ちです」

「ええ」

ソレーユは客間に案内し、もてなすようにお願いしておいた。

リュシアンの両親は、居間に揃《そろ》っていた。

戻ってきたリュシアンを見るなり、駆《か》けてきて抱きしめる。

「リュシアン!」

「無事で、よかった!」

「ご心配を、おかけしました」

怒《おこ》られるかと思いきや、そんなことはなかった。

両親は涙を流しながら、リュシアンを迎えてくれた。

「リュシアン、すまなかった。私が、とんでもない縁組《えんぐ》みを進めたばかりに」

「私も、もっと反対していたらよかった」

ロイクールとの結婚について、母は反対していたようだ。

「本当に、ごめんなさい」

「いいえ、コンスタンタン様が助けてくださいましたから」

ここで、両親はコンスタンタンの存在に気づいたようだ。

リュシアンから離《はな》れ、深々と頭を下げる。大袈裟《おおげさ》な様子だったので、コンスタンタンは居心地悪そうにしていた。

「お父様、お母様、その、立ち話もなんですので……」

「ああ、そうだったな」

「どうぞ、お座《すわ》りになって」

ようやく、腰を下ろすことができた。


「改めて、アランブール卿、娘《むすめ》を見つけ出した上に救ってくれて、心から感謝する」

「駆けつけた甲斐《かい》がありました」

コンスタンタンはリュシアン救出までの経緯《けいい》を報告してくれた。

驚いたのは、ロイクールの実家であるランドール家が捜査《そうさ》に協力してくれたこと。

「ランドール辺境伯の協力がなければ、今頃フォートリエ子爵領と、ランドール辺境伯領を中心にリュシアン嬢を捜し回《まわ》っていたでしょう」

リュシアンのために、コンスタンタンはさまざまな場所を行き来していたようだ。

何度感謝してもしきれない。

「それで、アランブール卿。例の話は進めても構わないだろうか？」

「はい。どうぞよろしくお願いいたします」

例の話とはなんなのか。リュシアンは首を傾げていたが、すぐに父が教えてくれた。

「リュシアン、喜べ。アランブール卿が、お前をぜひ妻にと、望んでくれている」

「あ――はい」

熱くなる頬に手を当てながら、父の言葉に頷《うなず》いた。

「なんだ、驚かないのだな」

その件については、コンスタンタンが返す。

「先ほど、リュシアン嬢《じょう》に、結婚を申し込ませていただきました」

「おお、そうであったか」

母がリュシアンに優《やさ》しく微笑みかけながら「よかったわね」と声をかけてくる。リュシアンは涙を堪えながら、大きく頷いた。

コンスタンタンはリュシアンを捜しにフォートリエ子爵家へ寄った際、結婚を許してくれないかと申し込んでいたようだ。

きちんと段階を踏《ふ》んで求婚してくれていたようで、リュシアンは喜びで胸が満たされる。

「すぐに結婚を、と言いたいところだが、リュシアン、お前は王の菜園での仕事もあるのだろう？」

「はい。事業を、始めようと思いまして」

「そうか。ならば、それと同時進行となると、婚約期間は一年ほど取らないと、準備が終わらないだろう」

婚約期間にドレスを用意したり、嫁入《よめい》り道具を揃えたりと、挙げたらキリがないほどいろいろと準備をしなければならない。

婚約期間は短くて半年くらいだが、コンスタンタンとリュシアンには王の菜園の事業がある。

優先すべきは王の菜園であるというのは、コンスタンタンとリュシアンの意見はがっちりと一致《いっち》していた。

「では、結婚する前に一度妻をアランブール伯爵家に向かわせることは基本として、リュシアン付きの侍女を増やす必要があるな。ロザリー一人では、大変だろうから」

「あの、お父様、侍女についてですが」

「なんだ？」

「わたくしの侍女になりたいと望む女性がいらっしゃいまして。どうやらご実家を勘当されたとかで、困っているようでして」

「紹介状《しょうかいじょう》は持っているのか？」

「いえ。わたくしの結婚が決まったという噂《うわさ》を社交場で聞いて、やってきたようですの。たぶん、ランドール家との結婚話《けっこんばなし》が広まっていたのだと思うのですが」

「なるほどな」

実家から勘当されたという点が、引っかかっているようだ。フォートリエ子爵は腕《うで》を組み、眉間に皺を寄せて険しい表情でいる。

「あなた、とりあえず、話を聞いてみませんか？」

「そうだな」

「それで、今、客間にいるのですが」

「連れてきたのか」

「はい」

「では、すぐにでも話を聞きに行くとしよう」

フォートリエ子爵夫妻はソレーユと話をするため、部屋から出て行った。

コンスタンタンと二人きりになったリュシアンは、ホッと安堵の息をはく。

「アン嬢、大丈夫か？　馬車にずっと乗っていたので、疲《つか》れただろう？」

「いいえ、平気ですわ」

両親はコンスタンタンとの結婚に賛成していたので、心配事は何もかもなくなった。

「ソレーユさんのことも、認めてくれたらよいのですが」

「そうだな」

十分後、フォートリエ子爵がソレーユを伴《ともな》って戻ってきた。

「リュシアン、ソレーユ嬢をお前の侍女として雇うことに決めた」

ソレーユは曇《くも》り一つない笑顔を浮かべ、リュシアンに頭を下げる。

「ソレーユ・ド・シュシュよ。誠心誠意お仕えさせていただくから」

「よろしくお願いいたします」

ソレーユと手と手を握り合っていたが、隣に立つコンスタンタンの表情が引きつっているように見えた。

「コンスタンタン様、いかがなさいましたか？」

「彼女《かのじょ》は……いや……なんでもない」

そういえば、ソレーユとコンスタンタンは顔見知りのようだった。

「ソレーユさんとコンスタンタン様は、お知り合いなのですか？」

「いや、知り合いというほどではない」

「つい先日、困っているところを、助けてもらったの。お礼をしたいから、名前を教えてと言っても、自分は通りすがりの騎士で名乗るほどの者ではないとか言っちゃって。だから勝手に通りすがりの騎士その一と心の中で呼んでいたの」

「まあ、そうでしたのね」

誰《だれ》かを助けて「名乗るほどの者ではない」などと言うのは、物語の中のヒーローだけだと思っていた。しかし、現実にも存在するようだ。

改めて、リュシアンはコンスタンタンをカッコイイと思ってしまった。

◇◇◇

フォートリエ子爵邸《ししやくてい》に、ロザリーがやってきた。

リュシアンが無事だという知らせを受けたあと、アランブール伯爵邸《はくしやくてい》から早馬でやってきたらしい。

「アンお嬢様〜〜〜〜!!」

「ロザリー！」

久々の再会に、抱擁《ほうよう》で喜びを分かち合う。

「アンお嬢様《じょうさま》、申し訳ありませんでした～～!!」

ロザリーは泣きながら、リュシアンに謝罪する。

「いいえ、ロザリーは悪くありませんわ」

「私が悪いんですよお。アンお嬢様を、一人にしてしまったから～～」

「ロザリー……」

リュシアンはロザリーをぎゅっと抱きしめ、優しく背中を撫《な》でて落ち着かせる。

「わたくしはもう、二度とロザリーの傍《そば》を離れません」

「そうしてください～～!!」

震える声で元気よく叫《さけ》ぶので、リュシアンは笑ってしまった。

「アンお嬢様、笑いごとじゃないですからねえ」

「ええ、ごめんなさい。本当に、ロザリーから離れませんので」

「お願いいたします。私は、アンお嬢様がいなきゃ生きていけないので」

こんなにもリュシアンのことを大事に想《おも》ってくれることは、嬉しいことだ。ロザリーと話しているうちに、リュシアンも眦に涙を浮かべてしまった。

堅物騎士は、公爵令嬢と話をする

コンスタンタンはリュシアンの両親に呼び出される。何かと思って客間に向かったら、そこにはソレーユも座っていた。

「どうぞ、おかけになって」

リュシアンの両親よりも堂々とした態度と口調でコンスタンタンに着席を勧《すす》める。

偉《えら》そうだと思いつつも、同時にそれも仕方ないと思う。

彼女は大貴族、デュヴィヴィエ公爵家の娘なのだから。

リュシアンには「ソレーユ・ド・シュシュ」と名乗っていた。あれは、どういうつもりなのか。

その件について、フォートリエ子爵から説明がなされた。

「ソレーユ嬢とは、一度会っていたようで」

「ええ、偶然《ぐうぜん》なのですが」

「その節は、本当にお世話になったわ。親切な騎士様」

「……」

腕を組み、偉そうに礼を言う様は女王然としていた。デュヴィヴィエ公爵家は王家の血筋である。偉そうではなく、偉いのだ。

しかし、そんな彼女がなぜ、供も連れずに一人旅をしているのか。明らかに、訳アリだろう。

そんな彼女はなぜ、リュシアンの侍女《じじょ》になることを望んでいるのか。

わからないことばかりである。

「それで、リュシアンの侍女にと望んでいるわけだが、アランブール卿は問題ないだろうか?」

問題は、大いにある。ソレーユはとんでもない事情を抱《かか》えているようにしか見えないからだ。

コンスタンタンが眉間に皺を寄せているのを見て、ソレーユは溜め息を吐く。

「ああ、あなたに名乗らなければよかったわ。まさか、ここで再会することになるとは思わなかったもの。私も、名乗るほどの者ではないと言っておけばよかった」

「正直に言わせてもらえば、侍女が公爵令嬢と言ったら、アン嬢は気を遣《つか》ったり、萎縮《いしゅく》したりするだろう。そんな毎日を送っていたら、疲れるに違《ちが》いない。他を当たってくれと言いたいが
……」

ソレーユはコンスタンタンの言葉を聞き、額を押さえて「はあ」と溜め息をついた。

「私の婚約者《こんやくしゃ》も、それくらい気を遣える人だったらよかったのだけれど」

「婚約者、というのは?」

「元、だけれど、私の婚約者だったのは、第二王子ギュスターヴ殿下《でんか》よ」

「!」

第二王子はロイクールが仕えていた相手である。ソレーユは婚約を結んでいたらしいが、破《は》

棄《き》したようだ。

「あのときの、お披露目《ひろめ》パーティー当日に脱走《だっそう》した貴族令嬢か⁉」

「あら、ご存じでしたの？」

「招待を受けて、参加していた」

まさか、あのとき逃《に》げた貴族令嬢が、今目の前にいるとは。人生、何が起こるかわからないものである。

「まあ、いろいろと女性関係で噂の多い御方でしたけれど、私にバレないようにするのならば許しましょう。そう思っていたわ。それなのに、初めての顔合わせの時に愛人を紹介《しょうかい》されたの。しかも、一人じゃないのよ？　四人も！　みんなと仲良くしてほしいって」

「……」

どのような反応をすればいいのかわからなくなる。貴族の結婚は義務だ。コンスタンタンとリュシアンのように、互いに想い合って結婚する夫婦《ふうふ》はほとんどいない。

私情は後回しにして、結婚する。そのため、互いに愛人を持つ夫婦は珍《めずら》しくない。ただその存在は隠《かく》される。知ってしまったとしても、見なかった振《ふ》りをするのだ。互いに触《ふ》れないように関《かか》わらないようにするのが暗黙《あんもく》の了解《りょうかい》という中、第二王子は愛人をソレーユに紹介したという。

「呆《あき》れて、開いた口が塞《ふさ》がらなかったわ。でも、その時は私、笑っていたらしいの。よく覚えていないのだけれど」

悪びれもせず愛人を紹介する第二王子に内心怒っていたが、一度目の面会時は我慢した。

二回目の面会はすっぽかされる。

三回目の面会時には、もう一人愛人が増えていたが、ささいな問題だと思うようになった。

「四回目の面会は、婚約お披露目パーティーの日だったわ」

そこで、想像もしていなかったことを、第二王子より告げられる。

「愛人が妊娠《にんしん》したらしいの。それで、その子どもが男児だった場合、実の子として育てたいと」

愛人は富豪《ふごう》の娘で、大層な金を積まれたらしい。

第二王子は「君は僕《ぼく》と子どもを作るなんて、まっぴらだろう？　ちょうどいいじゃないか」なんてことを笑いながら、世間話をするように言ってきたのだという。

「その発言だけは、許せなかったの。私は着の身着のまま、二階の窓から木を伝って飛び出したのよ」

そのままの足で華《はな》やかなドレスを売り、別の動きやすいドレスに着替《きが》えてから、王都をあとにしたらしい。

修道院へ行ったが、修道女は足りていると言われてしまった。そのため、どこか田舎《いなか》貴族の家で侍女として働こうと考えていた時に、リュシアンの結婚を耳にしたようだ。

「もちろん、誰でもいいと思っていたわけじゃないわ。きちんと、お仕えしてもいい女性か見《み》極《きわ》めて決めようと思ったの。幸い、リュシアンさんは心優《こころやさ》しい人だと、ひと目でわかったから」

リュシアンの両親に頼《たの》み込み、侍女として働くことを許してもらったらしい。

「でも、わたくしが公爵令嬢だと知ったら、遠慮《えんりょ》してしまうでしょう？　だから、黙《だま》っていようと思って」

コンスタンタンの眉間の皺が深まったタイミングで、フォートリエ子爵が助け舟《ぶね》を出した。

「ソレーユ嬢は妻の親戚《しんせき》、シュシュ家の娘ということにしておく。そのほうが、いいだろう。デュヴィヴィエ公爵家には、私が話を付けておくから、心配いらない」

リュシアンの父であるフォートリエ子爵が許可する上に、ソレーユの実家とも話を付けてくれるのならば問題ないだろう。

「そんなわけだから、リュシアンさんに私のことは内緒《ないしょ》ね」

「ああ、了解した。生活の拠点《きょてん》はここではなく、我《わ》がアランブール伯爵領となる。その点は、問題ないだろうか？」

「ええ。先ほど、フォートリエ子爵夫妻から聞いたわ。アランブール伯爵邸は、王都郊外《こうがい》にある王の菜園の敷地《しきち》内《ない》にあるのよね？」

「そうだ。虫や獣《けもの》がいるが大丈夫《だいじょうぶ》だろうか？」

「どちらも得意ではないけれど、まあ、耐《た》えてみせるわ」

この反応が、普通《ふつう》の貴族令嬢なのだろう。リュシアンが規格外なのだ。

それにしても、思っていた以上に第二王子は酷《ひど》い人物だった。

フォートリエ子爵の「災難だったな」という言葉に、ソレーユは深々と頷く。

「そもそも、わたくしは王太子イアサント殿下と結婚するために、幼いころから花嫁修業《はなよめしゅぎょう》をしていたの。正式に婚約は発表されていなかったけれど、結婚は確実と言われていたわ」

王太子は表立ってソレーユと会うことはなかったが、ずっと手紙のやりとりをしていたらしい。

そういえばと思い出す。コンスタンタンが王太子の近衛《このえ》騎士だった時代、休憩《きゅうけい》時間にせっせと私的な手紙を書いたり、届いた手紙を淡い笑《え》みを浮かべながら読んでいたりしたことを。きっと、ソレーユからの手紙だったのだろう。

「状況《じょうきょう》が変わったのは一年前。急に、他国の王女と婚約をするようにと国王陛下から命じられて――」

ソレーユの実家が出す持参金よりも、多額の持参金が積まれていたようだ。

国の財政もよくないため、願ってもない話だったのだろう。

結婚は王太子の意志では決定できない。そのため、あっさりと婚約は破棄された。

一方、ソレーユは第二王子の結婚相手として再び婚約を結ぶこととなった。

「救いだったのは、イアサント殿下が、私と結婚できなかったことを残念だとおっしゃってくれたことかしら？」

未来の王妃《おうひ》になるために、さまざまな努力をしてきたのだろう。その結果がこれでは、あまりにも辛すぎる。

だが、彼女の教育のために公爵家もかなり出資をしたので、今回のことは痛手だ。実家がどういう反応にでるのかわからない。もしかしたら、連《つ》れ戻される可能性もある。

「絶対に、実家に帰るつもりも、ギュスターヴ殿下と結婚《けっこん》する気もないけれど。連れ戻すのならば、死んでやると伝言を頼んでいるわ」

ソレーユはまっすぐな瞳《ひとみ》をコンスタンタンに向けて言った。

「私は私の尊厳を踏みにじる人を絶対に許さないの。そんな人に無理矢理《むりやり》従うように命じられたら、死んだほうがマシだわ。婚約発表パーティーの日、本当は、二階から飛び降りて死のうと思ったの。でも、大きな木があったから、運命をゆだねることにしたわ。もしも落ちたら、私はこれまで。でも、怪我もせずに地上に下りたってしまった。だから、何もかも捨てて、旅だとうと決意したのよ」

その言葉は、小娘《こむすめ》が言った勝手で無責任な発言にも聞こえる。

しかし、ソレーユは凛《りん》として、死すらも恐《おそ》れないと言った。

理屈《りくつ》や常識を捻《ね》じ伏《ふ》せる、不思議な力がある。

彼女には、王妃の器《うつわ》が備わっていたようだ。王太子との婚約が破談になったことは、本当に惜《お》しいことだとコンスタンタンは思う。

今、ソレーユは何もかも吹《ふ》っ切れたという顔付きでいる。

話をする中で、自らの気持ちとけじめを付けたのかもしれない。

「話を聞いていたら、王の菜園で何か楽しいことをしようとしているじゃないの。私も、何か手伝わせてくれないかしら？」

ソレーユの言葉に、コンスタンタンは深く頷いた。

◇◇◇

コンスタンタンは、ロザリーとソレーユが上手《うま》くやっていけるのか心配していた。

ロザリーは庶民《しょみん》で、貴族ではない。一方、ソレーユは生粋《きっすい》の貴族令嬢だ。

育った環境《かんきょう》が、あまりにも違い過ぎる。

コンスタンタンは独り、二人の邂逅《かいこう》をハラハラしながら見守っていた。

そんなコンスタンタンとは違い、リュシアンはいつも通りのおっとりとした様子で紹介を始める。

「ロザリー、新しい侍女のソレーユさんです。仲良くしてくださいね。ソレーユさん、こちらは長年わたくしに仕えている侍女、ロザリーです。何かわからないことがありましたら、彼女になんでも聞いてください」

ロザリーとソレーユは会釈し合い、見つめ合う。

先に反応を示したのは、ロザリーだった。

「うわあ、お人形さんみたいに、綺麗《きれい》な人ですねえ。アンお嬢様が太陽の女神なら、ソレーユさんは月の女神です」

「だったらあなたは、胡桃《くるみ》色の髪《かみ》をしているから、大地の妖精《ようせい》ね」

「妖精だなんて、初めて言われました！」

ロザリーは嬉《うれ》しそうに、はにかんでいた。ソレーユも、『月の女神』と呼ばれて満更《まんざら》でもなかったのだろう。口元が綻んでいた。

そんな二人を、リュシアンは温かく微笑《ほほえ》みながら眺《なが》めていた。

まるで太陽の女神のようだとコンスタンタンは思い、見とれてしまう。

ロザリーの紹介が終わったら、今度は旅の仲間も紹介する。

リュシアンの前にのっしのっしと出てきたのは、ガチョウのガーとチョーだ。

「あと、ソレーユさん、こちらが、わたくしのガチョウで、白いほうがガーで、黒いほうがチョーですの」

リュシアンに紹介されたガーとチョーは、心なしか誇《ほこ》らしげで胸を張っているように見えた。

「ガチョウって、食用として育てているってこと？」

「最初はそのつもりでしたの」

「育てていくうちに、情が移ったとか？」

「いいえ、コンスタンタン様が、食用にするのは可哀想《かわいそう》だから、飼育するといいとおっしゃったので」

「アランブール卿《きよう》は、顔に似合わず優しい人なのね」

どういうふうに見えていたのか。コンスタンタンは問いただしたくなったが、リュシアンがいる手前ぎゅっと口を結んでおいた。

昼前には、フォートリエ子爵領《ししやくりよう》を出て行く。

「リュシアン、あまり、無理をするな。困ったことがあったら、なんでも相談しろ」

「隠し事《ごと》は、禁物ですからね」

両親の言葉に、リュシアンは真剣《しんけん》な面持《おもも》ちで頷く。

「さあ、皆《みんな》が待っている。行きなさい」

「はい。お父様、お母様、行ってまいります」

こうして、フォートリエ子爵領から旅立つこととなった。

帰りの馬車の中では、女性三人で大いに盛り上がっていたようだ。

心配は杞憂《きゆう》だったというわけである。

アランブール伯爵邸までの道のりは、大変賑《にぎ》やかだったようだ。

馬車に並走すると、賑やかな笑い声が聞こえたほど。

リュシアンが笑顔《えがお》のまま、帰ることができて本当によかった。コンスタンタンは、心から安《あん》堵《ど》していた。


三日後——アランブール伯爵家《はくしゃくけ》に戻ってきた。

リュシアンの帰宅を、コンスタンタンの父グレゴワールは涙を流しながら喜んだ。

「よく、無事だったな！」

「はい。ご心配を、おかけしました」

グレゴワールは心配するあまり、眠《ねむ》れぬ夜を過ごしていたようだ。今晩はゆっくり眠ってほしい。コンスタンタンは、父の背中を見つめながら思う。
事件は無事、解決した。思いがけず、リュシアンと婚約もできた。
コンスタンタンは満たされた気持ちで、一日を終えることができた。

誘拐《ゆうかい》事件は無事解決した。コンスタンタンは肩《かた》の荷が下りた思いとなる。

あとは帰るだけだが、皆疲《みなつか》れているだろうとのことで、リュシアンの実家であるフォートリエ子爵家に一泊《ぱく》する方向で話がまとまった。

「ロザリー、実家に顔を見せに行ってもいいんですよ」

「いいえ、私はアンお嬢様のもとから離れませんので」

「わたくしは大丈夫ですのに」

ロザリーはリュシアンが誘拐された件が、よほど衝撃的《しょうげきてき》だったのだろう。実家に戻らず、ずっとリュシアンの傍にいるという。

「だったら、わたくしがロザリーの家に行ったら、顔を見せられますわね」

「アンお嬢様、そこまで気を使っていただかなくても」

「だって、大切なロザリーをお借りしているんですもの。ロザリーがどれだけ頑張《がんば》っているかも、お知らせしませんと」

「わー、帰ります！　帰りますので！」

「そんなこと言わずに、一緒《いっしょ》に行きましょうよ。わたくしも、ロザリーと離れたくありませんわ」

「ううっ……」

さすがのロザリーも、リュシアンに口では勝てないようだ。コンスタンタンは微笑ましい気持ちで、二人のやりとりを見守っている。

「あ、そうだ。コンスタンタン様もご一緒しません？　村を、ご案内したいのですが」

「私も、行っていいのか？」

「ええ、もちろんです！　あ、お疲れでなかったら、ですが」

コンスタンタンはリュシアンを捜すため、各地を馬で駆け回っていた。しかし、不思議と疲れていないのだ。無事、リュシアンを発見できたので、気分が高揚《こうよう》していると言ったほうがいいのか。

どうせ部屋で大人しくしていても、落ち着かないだろう。リュシアンの言葉に甘《あま》え、村を案内してもらうことに決めた。

「アン嬢は疲れていないのか？」

「はい。コンスタンタン様にお会いした瞬間《しゅんかん》、何もかも、吹っ飛《と》びましたわ」

コンスタンタンが「それはよかった」と返す前に、リュシアンへ指摘《してき》を飛ばす者が現れる。

「アン、吹っ飛ぶだなんて言葉を、使ってはなりませんよ」

腰《こし》に手を当てて、目をつり上がらせているのはフォートリエ子爵夫人。リュシアンの母だ。

「吹っ飛ぶではなく、消えてなくなりました、と言いなさい」

「お母様……」

リュシアンは呆れた様子で、母を見ているようだった。日常茶飯事《にちじょうさはんじ》的なやりとりなのか。ロザリーは明後日《あさって》の方向を眺めていた。

「アランブール卿、申し訳ありませんね。この通り、言葉を知らない娘で」

「いえ、私のほうこそ、武骨な喋《しゃべ》りで、驚《おどろ》かせていないかと」

「そんなことありませんわ。さすが、王都の騎士様です。喋りも、身のこなしも、エレガントで」

エレガントなどと評された記憶《きおく》がないので、コンスタンタンは内心照れてしまう。

「それに畑の騎士と名高く、歴史あるアランブール伯爵家に嫁げるなんて、娘は果報者ですわ」

リュシアンの両親に気に入ってもらえるか心配だったが、どうやら杞憂だったようだ。ホッと胸をなで下ろす。

「お、お母様、今から、わたくし達はでかけますので」

「あら、そうだったの？　日が暮れる前に、帰ってきなさいね」

「はい、わかりました」

フォートリエ子爵領は広い。そのため、馬に乗って出かける。

小高い丘《おか》に位置するフォートリエ子爵邸より、村を見下ろす。

蕎麦《そば》を刈《か》ったあとの畑に、根菜類の田畑、リンゴが生《な》った果樹園と、王の菜園とは比べものにならないくらいの広大な農地があった。

コンスタンタンは目を細め、豊かな自然を見つめる。この土地が、リュシアンを育てたのだと思うと、深く感謝したくなるような気持ちがこみ上げてきた。

ロザリーはロバに跨《また》がる。コンスタンタンはリュシアンと相乗りして、ラピーと出かけることにした。

前に乗るリュシアンと密着状態のため、コンスタンタンは落ち着かない気持ちを持て余していた。ドクン、ドクンという音が聞こえているのではと、ヒヤヒヤしている。

「コンスタンタン様」

「なっ……どうした?」

リュシアンは振り返《かえ》り、不思議そうな顔でコンスタンタンを見つめる。おかしな返事をしたからだろう。

「すまない。考え事をしていた」

「あら、ごめんなさい」

「気にするな」

しばしの沈黙《ちんもく》のあと、リュシアンはコンスタンタンに話しかける。

「ラピーはコンスタンタン様のことを、お気に召《きめ》しているようですわ」

「相性《あいしょう》がいいのかもしれない」

ラピーは長年の相棒のように、コンスタンタンと共に駆けてくれる。このような出会いは初めてだった。

フォートリエ子爵邸から村に続く、森に囲まれた道を進んでいく。北のほうからヒュウと風が吹き、コンスタンタンはブルリと震《ふる》えた。

まだ雪こそ降っていないが、王都より確実に寒い。リュシアンはドレスの上から、フェルトの外套《がいとう》を纏《まと》っているだけだ。肌寒《はださむ》くないのかと、問いかける。

「平気ですわ。冬は雪が降ってからが本番ですのよ」

「そうなんだな」

そんな話をしているうちに、ロザリーの家に到着《とうちゃく》した。まだ、仕事から戻《もど》っていないようで、家の中は無人である。

「ロザリーのお母様に、ご挨拶《あいさつ》をしようとしていたのですが」

「もうすぐ帰ってくると思います。それまで、アランブール卿と二人、村の様子でも眺めてきてください」

「ええ」

ロザリーは夕食用のスープでも作るという。いったんお別れとなった。

「ロザリー、ここに来るまで大変だったでしょう？　ゆっくり過ごしてね」

「アンお嬢様、ありがとうございます」

ロザリーは手を振り、コンスタンタンとリュシアンを見送ってくれた。

馬はロザリーの家に預け、コンスタンタンはリュシアンと二人並んで歩く。

「コンスタンタン様、あれが村ですわ」

童話に出てくるドワーフの村のような、茅葺《かやぶ》き屋根の平屋建ての家が見えてきた。

子ども達は遊び回ることなく、集めた藁《わら》を小屋に運んだり、野菜の選別をしたりと、せっせと働いていた。農村では、子どもは立派な働き手なのだろう。

「あ、リュシアンお嬢様だ！」

「本当だ！」

子ども達がリュシアンの周囲に駆け寄《よ》る。

「わあ、一緒にいるのは騎士様だ!!」

「カッコイイ!!」

フォートリエ子爵領には騎士隊の駐屯地《ちゅうとんち》がないからか、子ども達はキラキラとした視線をコンスタンタンに向けていた。

リュシアンの両親と話をするので、私服から騎士服に着替えていたのだ。

「おい、騎士様のマントを見てみろよ。緑色だ！」

「すげえ！　畑の騎士様だ！」

農業が生活の中心にあるフォートリエ子爵領では、畑の騎士は尊敬されるようだ。羨望《せんぼう》の眼《まな》差《ざ》しを向けられ、コンスタンタンは照れてしまう。

「リュシアンお嬢様、畑の騎士様は、ここの村の畑を守ってくれるの？」

「いいえ、こちらのコンスタンタン様は、国王陛下の王の菜園を守る騎士様ですわ」

「ええ〜!!」

「王の菜園って、本当にあるんだ!!」

リュシアンの発言をきっかけに、子ども達は英雄《えいゆう》を見るような目でコンスタンタンを見つめる。思いがけない反応の数々であった。

「俺《おれ》、大きくなったら、畑の騎士になる！　家は、兄ちゃんが継《つ》ぐもんね！」

「いいなー」

「俺もなりたい」

王都の騎士隊では、誰も畑の騎士になんかなりたがらない。左遷《させん》先だと陰口《かげぐち》を叩《たた》かれるような部隊である。このままでは、いけないだろう。

子ども達が成人を迎えて騎士となり、王の菜園に配属されたとき、恥《は》ずかしく思われないようにしなければ。コンスタンタンは決意を心の中で誓《ちか》った。

「あんた達、今日は忙《いそが》しいってのに、何やってんだい！」

「あ、母ちゃん！」

「今やるよー」

子ども達は散り散りとなり、仕事を再開していた。

「コンスタンタン様、ごめんなさいね」

「いや、いい。まさか、あのように、尊敬の眼差しを受けるとは思わなかったから」

「皆、畑の騎士の童話を聞いて育つので、興奮していたのでしょう？」

「先ほども、子どもが話していたな。どんな内容なのか？」

「それはですね——」

リュシアンは畑の騎士の物語を、語り始める。

むかしむかし、あるところに小さな農村があった。そこは野山に囲まれ、自然豊かな土地だったが、野生の獣や盗賊《とうぞく》に荒《あ》らされる被害《ひがい》に遭《あ》い、困り果てていた。

このまま被害が続いたら、飢《う》えてしまう。そこで、一人の若者が王都へ被害を訴《うった》えに行くこととなった。

農村から王都まで、徒歩で一ヵ月ほど。気が遠くなるような旅路を、若者は耐えながら進んでいった。

一ヵ月後、王都にたどり着き、いち目散に騎士隊の詰《つ》め所《しょ》へと足を運んだ。

騎士に被害を訴えたところ、畑に関することなら王の菜園の騎士に頼むようにと言われる。

そこで若者は、王都の郊外にある王の菜園へとでかけた。

王の菜園と呼ばれる場所は、夢のようだった。見たことのない害獣除《がいじゅうよ》けの柵《さく》に、青々と茂《しげ》る草木、そして、畑の周囲を巡回《じゅんかい》する騎士の姿。理想の田畑が、広がっていたのだ。

若者は見回りをしていた騎士に、村の被害を訴える。けれど騎士から、それは難しいだろうと言われてしまった。

彼《かれ》らは王の菜園を守る騎士である。任務を放棄《ほうき》し、地方の農村まで赴《おもむ》けるわけがなかったのだ。

ここでようやく、若者はたらい回しに遭ったのだと気付く。愕然《がくぜん》とし、膝《ひざ》から頽《くずお》れた。

そんな中で、一人の騎士が若者に声をかけた。事情を知らない、通りすがりの畑の騎士のようである。若者があまりにも嘆《なげ》くので、心配したようだ。

若者は震える声で、これまでの経緯《けいい》を語った。このままでは、農村は滅《ほろ》びてしまう。最後まで話すと、情けないことに涙《なみだ》が溢《あふ》れてきた。

ポタリ、ポタリと涙が地面に滴《したた》り落《お》ちるのを眺めていたら、騎士は若者にハンカチを差し出す。そして、騎士は言った。農村を、救おうと。

騎士は自分の身が危《あや》うくなることも厭《いと》わず、農村を助けてくれるという。

若者はいいのかと問いかける。騎士は迷いのない表情で、頷いた。

こうして、騎士と若者は危機的な状況にある農村を目指して旅立った。

「農村にたどり着いた騎士は盗賊を退治し、害獣《がいじゅう》を駆除《くじょ》してくれた。農民達は感謝の気持ちを国に伝えたところ、騎士は勲章《くんしょう》を賜《たまわ》り、英雄として称《たた》えられることとなった――これが、フォートリエ子爵領に伝わる畑の騎士様のお話ですわ」

「なるほどな」

「わたくしも、コンスタンタン様に出会ったとき、物語に出てくる畑の騎士様のようだと、感激しておりました」

「しかし、物語の騎士像とは、かけ離《はな》れていたのでは？」

「そんなことありませんわ。コンスタンタン様は、物語の中に登場する畑の騎士様同様、すてきな御方《おかた》だと、思っております」

「そうか。ならば、安心した」

コンスタンタンも思い出す。王の菜園での任務が始まり、近衛部隊との仕事の違いに落胆《らくたん》していたときにリュシアンと出会った。

彼女はキラキラと輝《かがや》く瞳で、コンスタンタンを見たのだ。リュシアンを失望させてはいけない。そう思うようになり、畑の騎士としての自覚もじわじわ湧《わ》いてきた結果、やりがいと誇りを発見できた。

リュシアンの目に立派な騎士として映っているのならば、コンスタンタン自身の騎士としての在りようは間違《まちが》っていなかったのだろう。

「すみません、少し、長かったですね」

村の案内が再開される。リュシアンが遠くにある風車を指差す。ズラリと十基以上並んでいた。

「あちらの丘に見えますのは、風車小屋ですわ。主に、穀物の粉挽《ひ》きに使っております。他に、藁を突《つ》いたり、蕎麦《サラザン》を挽いたり、用途《ようと》は多岐《たき》に亘《わた》っていますの」

風の通り道に建てられており、年がら年中止まることはないらしい。村の象徴的《しょうちょうてき》な物でもあるのだとか。

「ちょうど今日、広場で今年の麦を使った料理を売る、小規模な収穫祭《しゅうかくさい》を行っているようです。行ってみますか？」

「ああ」

あまり村人を見かけないと思っていたら、広場に集まっているらしい。余所《よそ》の村からも客がやってきて、そこそこの賑わいを見せているのだとか。

広場には天幕が張られ、並んだ台にさまざまな料理が並べられている。リュシアンが一歩会場へ足を踏《ふ》み入《い》れたら、パンを売っている中年男性から声をかけられていた。

「アンお嬢様じゃないか。王都に行っているって聞いていたが、戻ってきたのかい？」

「いえ、一時的に、戻ってきただけで……」

リュシアンは遠い目をしながら、言葉を返している。ロイクールとの辛《つら》い旅路を思い出してしまったのかもしれない。

「だったら、何しに帰ってきたんだい？」

「あんた！　気の利《き》かない質問を投げかけているんじゃないよ」

中年男性の背中を、パンのトングを握《にぎ》ったおかみらしき女性が叩いた。

「アンお嬢様は、未来の旦那様《だんなさま》を紹介するために、戻ってきたんだよお。ねえ？」

「えっ⁉」

リュシアンは顔を真っ赤にして、困惑《こんわく》しているようだった。助け船を出さなければ。そう思ったコンスタンタンは、一歩前に踏み出《だ》して会釈《えしゃく》する。

「まあ！　なんて立派な騎士様なんだ！　それに、いい男じゃないか！　アンお嬢様、あんた、上手くやったねえ！」

「お、おかみさん」

おかみの言葉に、リュシアンはますます頬を真っ赤に染めていた。瞳もうるんでいる。話題を逸《そ》らさなければ。そう思ったコンスタンタンは、珍しく自ら話しかけた。ここでは、どのようなパンを売っているのかと。おかみはにっこり微笑み、説明してくれる。

「田舎のパンだよ、騎士様。村人のほとんどは、うちのパンを食べて育ったんだ」

どうやら、村唯一《ゆいいつ》のパン屋が自慢《じまん》の商品を持って出店していたらしい。

「コンスタンタン様、ここのパンはとってもおいしいんですよ」

「そうか。だったら、買って帰ろう」

バゲットとブールを買うため金貨を差し出したら、おかみは豪快《ごうかい》に笑い始める。コンスタンタンは意味がわからず、首を傾《かし》げた。

「ごめんなさいねえ、騎士様。うちの店というか、ここに出店している者の店は、金貨のおつりなんて出せないよ」

想定外の事態である。細かい金は、フォートリエ子爵領に来るまでに使ってしまったのだ。どこか、両替《りょうがえ》できる商店はないものか。リュシアンに問いかけようとしていたら、おかみはパンが入った袋《ふくろ》を差し出す。

「あの――」

「これは婚約祝いだ。受け取ってくれるね？」

コンスタンタンは思わず、リュシアンの顔を見る。コクリと頷《うなず》いたので、受け取ることにした。

「深く、感謝します」

「いいってことよ！　幸せにね！」

祝福され、心に温かな気持ちが広がっていく。勇気を振り絞《しぼ》り、リュシアンに求婚《きゅうこん》してよかったと心から思った。

その後も、行く先々でリュシアンは村人に声をかけられ、婚約を祝われていた。売っている品物を差し出されるので、両手いっぱいに菓子《かし》や料理を抱えることとなった。

リュシアンが途中《とちゅう》で知り合いからバスケットを借り、もらった物を詰める。

まだまだ渡《わた》したりない様子を見せていたので、そそくさと会場をあとにした。

「驚きました。こんなにたくさんいただくなんて」

「アン嬢《じょう》は、領民に愛されているのだな」

「そう、でしょうか？」

「間違いない」

「なんだか、くすぐったい気持ちです」

人通りの多い道を、はぐれないよう手を繋《つな》いで歩いて行く。リュシアンに導かれるようにしてたどり着いた先は、レースのような繊細《せんさい》な白い花が咲《さ》く畑。

あぜ道を歩きながら、コンスタンタンは質問する。

「アン嬢、ここは？」

「ニンジン畑ですわ」

「ニンジンは、このような花を咲かせるのだな」

「ええ。通常は花が咲く前に収穫《しゅうかく》してしまうのですが、ここは種を採取するために育てているようです」

「ああ、なるほど。こうして見ると、きれいだな」

「ええ、そうなのです！　野菜の花は、きれいなのですよ！」

リュシアンは夢見るように、野菜の花の美しさについて語っていた。久しぶりに、彼女《かのじょ》の野菜への情熱を目の当《ま》たりにしたので、コンスタンタンは微笑ましい気持ちになった。

ここで、リュシアンが提案する。先ほど貰《もら》った料理を、ここで食べないかと。

「野菜の花見というわけか」

「はい」

だったらと、コンスタンタンはマントを外して地面に敷《し》いた。が、以前、リュシアンにマントに腰掛《こしか》けられないと言われたことをふと思い出す。だったらと、今度はハンカチを取り出して地面に広げた。

「アン嬢、ここに腰掛けるといい」

「コンスタンタン様、それは、絹のハンカチではありませんこと？」

「そうだが、別に家紋《かもん》入りでもないし、替《か》えは持っている」

執事《しつじ》はいつも、ハンカチを二枚用意してくれる。こういう事態を想定しているからなのだろう。

コンスタンタンは叢《くさむら》に腰を下ろす。リュシアンはしぶしぶといった様子で、ハンカチの上に座《すわ》った。

居心地《いごこち》悪そうなリュシアンの横顔を見て、コンスタンタンは笑ってしまう。

「コンスタンタン様、な、なんですの？」

「すまない。アン嬢は、真面目《まじめ》だと思って」

「コンスタンタン様に真面目だと評される日がくるとは、思っていませんでしたわ」

コンスタンタンは生真面目《きまじめ》という文字を、擬人化《ぎじんか》したようだと言われることがある。リュシアンも同様に考えていたのかもしれない。

手の中で持て余していたマントを眺めていたら、リュシアンに指摘される。

「コンスタンタン様、もしかしてまた、マントを敷物《しきもの》にしようとしていたのですか？」

「そうだったのだが、以前、アン嬢に微妙《びみょう》な反応をされたことを思い出して」

「騎士隊《きしたい》の紋章《もんしょう》になんて、とても座れませんわ。マントの紋章は、コンスタンタン様の背中で揺《ゆ》れるものです」

リュシアンはそう言って立ち上がり、コンスタンタンのマントを装着してくれた。

いつも自分で装着しているので、なんだか照れてしまう。背後で、リュシアンがマントの皺《しわ》を伸《の》ばしているのがわかる。小さな声で、「よし」と言っていたのが、可愛《かわい》くてたまらない。

リュシアンが再び隣《となり》に腰掛けると、羞恥心《しゅうちしん》を誤魔化《ごまか》すように話しかけた。

「しかし、アン嬢が騎士隊の紋章を気にしてくれたことは、嬉しく思う」

素直《すなお》な気持ちを伝えると、リュシアンは強《こわ》ばっていた表情を綻《ほころ》ばせた。

「わたくし、コンスタンタン様のマントの紋章を、眺めるのが好きで……」

「そう、だったのか。気付いていなかった」

「後ろ姿ですからね」

「それもそうだ」

場が和《なご》んだところで、貰った料理を食べる。

「ガレットが焼きたてだと、言っていましたね」

ガレットは蕎麦粉《そばこ》を卵と水で溶《と》いて塩を加え、薄《うす》くのばして焼いたものに、具を挟《はさ》んで食べる郷土料理らしい。王都でも流行《はや》っているようだが、コンスタンタンが口にする機会は今まで一度もなかった。

油紙に包まれていたのは、二つ折りにした茶色い生地《きじ》。クレープのようだが、異なる食べ物だという。

「コンスタンタン様、見てくださいまし。ガレットの端《はし》が、繊細なレースのようになっているでしょう？　これが、おいしいガレットの証《あかし》ですの」

気泡《きほう》がレースのように透《す》けているものは、サクサクしていておいしいようだ。リュシアンから受け取ったガレットを食べる前に、注意を受けた。

「中に半熟卵が入っているので、気を付けてくださいね」

「なるほど」

知らずに、かぶりつくところだった。黄身がソースのように滴るので、慎重《しんちょう》に食べ進めなければならないようだ。

ナイフとフォークがほしいが、ここは畑のど真ん中。そんな物などあるはずがない。

黄身を零《こぼ》さずに食べるにはすべて頬張《ほおば》るのが一番だが、一口で食べてしまうにはいささか大きかった。

にこにこ微笑むリュシアンが見守る中、コンスタンタンはガレットを食べる。

生地の外側はカリカリで、中はもっちりとした食感であった。半熟卵の黄身がプツンと崩壊《ほうかい》し、口の中に溢れる。具は黒胡椒《くろこしょう》を振《ふ》ったベーコンとチーズだった。卵の黄身に絡《から》んで、おいしさが引き立つ。チーズが糸を引いていたが、なんとか断《た》ち切《き》った。加えて黄身を零すことなく、食べきる。

「コンスタンタン様、いかがでしたか？」

「おいしい。これは、すばらしい食べ物だ」

「よかったです」

蕎麦粉はもちろんのこと。新鮮《しんせん》な卵に、チーズもベーコンも、フォートリエ子爵領で作られたもののようだ。コンスタンタンは存分に味わった。

リュシアンのガレットは、バターと蜂蜜《はちみつ》を包んだ一品。零さずきれいに食べるのだろうと思っていたが、リュシアンは蜂蜜を指先に垂らしてしまう。

咄嗟《とっさ》に、リュシアンは指先の蜂蜜をペロリと舐《な》めた。その様子は、どこか色っぽい。見てはいけないものを目撃《もくげき》してしまったようで、ドギマギしてしまった。

コンスタンタンの視線に気付いたリュシアンは、ハッと我に返ったようだ。頬を染め、恥ずかしそうに目を伏せる。

「わ、わたくしったら、はしたない真似《まね》を」

「いや、口に含《ふく》んでいなければ、ドレスに落ちていただろう。気にするな」

「は、はい」

上目遣《うわめづか》いでコンスタンタンを見ながら、リュシアンは唇《くちびる》に人差し指を添《そ》えながら言った。

「あの、コンスタンタン様、他の方には、内緒でお願いいたします」

もちろん、口外するつもりはない。コンスタンタンは深々と頷いたのだった。

空があかね色に染まりつつある。そろそろ戻ったほうがいいだろう。コンスタンタンはリュシアンに手を差《さ》し伸べる。嬉しそうにそっと指先を添えるリュシアンは、あまりにも可憐《かれん》だった。

幸せを噛《か》みしめつつ、フォートリエ子爵邸《ししゃくてい》に続く道を歩いて行った。もちろん、ロザリーの家に立ち寄るのも忘れない。

「アンお嬢様《じょうさま》、お耳が真っ赤です。スープを作ったので、体を温めてから帰りましょう」

「ご迷惑《めいわく》ではない？」

「そんなことないですよお！　アランブール卿もどうぞ。暖炉《だんろ》に火がついていますので」

ロザリーの家の出入り口は小さく、かがんで入った。半世紀前に造られた家らしく、当時の平均身長は低かったようだ。そのため、扉《とびら》も小さく作られていたと。茅葺き屋根の家に入るのは初めてだった。内部は暖かく、茅らしき匂《にお》いがほんのり漂《ただよ》う。

居間にある暖炉で、スープがコトコト音をたてながら煮《に》えていた。

「たっぷりタマネギの、ベーコンスープです」

コーヒーを飲むような陶器《とうき》のカップに、スープが注がれる。これが、田舎風《いなかふう》のもてなしのようだ。

飴色《あめいろ》のタマネギが、カップの中で輝いていた。冷え切った指先を温めながら、スープを飲む。タマネギはトロトロで、ベーコンからほどよい塩気を感じる。ほっこりと温まる、おいしいスープだった。

途中でロザリーの母親がやってきた。コンスタンタンと並ぶリュシアンを見た途端《とたん》、ボロボロ涙を零す。いったい何事かと思ったが、ロザリーが複雑な感情を解説してくれた。

「うちの母、アンお嬢様の結婚を、心配していたんですよお」

「なぜ？」

「アンお嬢様の周囲をうろついていたのが、ランドール家のどら息子《むすこ》しかいなかったので」

コンスタンタンは思わず、「ああ、なるほど」と返してしまった。

リュシアンは立ち上がり、ロザリーの母をヒシッと抱《だ》きしめる。

「ご心配をおかけしました。わたくしは、どうやら幸せな結婚ができそうです」

「リュシアンお嬢様……本当に、よかった……！」

ロイクールの評判は、すこぶる悪かったようだ。

「ですが、いったいなぜ、そう思ったのですか？」

「一度、ランドール家のお坊《ぼっ》ちゃまが、うちにやってきたのですよ」

「えっ⁉」

リュシアンはロザリー一家と家族ぐるみの付き合いをしていた。ロザリーの兄と楽しげに話している様子を見たロイクールが、牽制《けんせい》するためだけに訪問したという。

「アンお嬢様とお前みたいな男が、結婚できるわけがないからな、勘違《かんちが》いするんじゃないですよーって、偉《えら》そうに宣言してきて」

「まあ……そう、でしたのね。ご迷惑をおかけしました」

ロザリーの母は首を左右に振る。

「ランドール家のお坊ちゃまの発言も、あながち外れたものではありませんでしたから」

リュシアンと密な付き合いをすればするほど、社交界には必要ない知識が身についてしまう。もしもそれによって、嫁《とつ》ぎ先《さき》がなくなるような事態になったら責任は取れない。

「私が教えたパイの作り方も、ガチョウの丸焼きやクッキーやケーキの作り方だって、貴族のお嬢様には不要なものです」

「そんなことはない」

コンスタンタンは言い切る。リュシアンのウサギのパイは驚くほどおいしかったし、料理作りの腕《うで》はパーティーのさいに役立った。

「アン嬢は王の菜園で過ごす際、ここで習った知識を最大限に生かし、日々暮らしている」

「そうですわ。たくさんの知識を授《さず》けてくれたことを、心から感謝しております」

「リュシアンお嬢様……！」

リュシアンの言葉を聞いて、余計にポロポロ泣いてしまう。ロザリーの母を慰《なぐさ》めることに、時間を費やした。

日が暮れる前に、ロザリーの家をあとにする。

「ロザリーは一晩、ゆっくり過ごしてくださいね」

「今晩だけ、お言葉に甘えます。明日の朝には、参上しますので」

リュシアンとロザリーは手と手を握り、しばしの別れを惜《お》しんでいるようだった。

馬を受け取り、フォートリエ子爵邸に戻る。

厩番《うまやばん》に馬を預けた頃《ころ》には、すっかり暗くなっていた。思っていた以上に、村の散策に時間をかけていたようだ。

屋敷《やしき》の中に入ると、出迎《でむか》えた執事より思いがけない報告を耳にすることとなる。

「リュシアンお嬢様、領民よりたくさんの婚約《こんやく》祝いが届いております」

「まあ！」

田舎での噂話《うわさばなし》はすぐに広がる。リュシアンの婚約の知らせを聞きつけた者達《たち》が、我先にと祝いの品を持ってきたらしい。裏口にある物置に保管しているという。

いったいどんな品物が届けられたのか。執事がメモしていた品目の一部を読み上げてくれた。

性なのだ。

「えっと、それで、報告しなかった理由をお聞かせいただけますか?」

「も、申し訳ありません。その、最初は、家出したせがれかと、思ったのです……。しかし、半月と期間が長くなるにつれ、違うと気づきまして……」

「そう、だったのですね」

「おかあと二人暮らしなもので、盗《と》られても生活は成り立っておりましたし、領主様のお耳に入れることでもないと、思っておりました」

リュシアンは老人の手を握り、優しく声をかける。

「困ったときは、どんな些細《ささい》な内容でもかまいませんので、報告にきてください。ここまでの道のりが辛いのであれば、誰かに言付けを頼《たの》んでもいいのですよ」

「ええ……ええ……。ありがとう、ございます……!」

話を聞きながらコンスタンタンは、リュシアンは間違いなく天使だと思った。

「コンスタンタン様、いかがなさいますか?」

「そうだな。ここに長居はできないから、今晩、畑に向かって犯人を待ち伏《まぶ》せしたいところだが――」

そう、都合よく現れるものなのか。だが、何もしないで帰るよりはいいだろう。コンスタンタンは腹をくくり、今晩は老人の畑で犯人を待ち伏せすることにした。

「コンスタンタン様、わたくしも行きます」

「アン嬢……」

暗闇の中じっと息をひそめて潜伏《せんぷく》し、野菜泥棒《どろぼう》を待ち構えるのは大変な任務である。リュシアンに行かせるわけにはいかない。

だが、彼女には実績があった。以前、畑を荒らすウサギを共に退治した。実を言えば、リュシアンのほうが夜目が利く。それに、何かあったさい、どう動けばいいかという勘《かん》はよく働くほうだろう。馬車が襲《おそ》われたときもリュシアンは冷静に行動し、怪我《けが》をせずに騒動《そうどう》を乗《の》り越《こ》えた。

「わかった」

「え？」

見た目は可憐な貴族令嬢《れいじょう》だが、そんじょそこらの騎士よりも肝《きも》が据《す》わっているのだ。

リュシアンはポカンとした表情で、コンスタンタンを見ていた。

「どうした？」

「えっと、わたくしも、同行してもよいのですか？」

「いいと言っている。生半可な気持ちで同行すると、口にしたわけではないだろう？」

「え、ええ」

まさか、許してもらえるとは思っていなかったのか。

「アン嬢のほうが、夜目が利く。何か異変に気付いたら、教えてほしい」

「はい！」

「そのままの恰好では行けないな。動きやすい服に着替《きが》えてもらう」

「もちろんですわ。コンスタンタン様、ありがとうございます！」

リュシアンは涙目で礼を言う。

今の時代、女性だからと抑圧《よくあつ》された中で、できることもするなと咎《とが》められていたのだろう。

コンスタンタンはリュシアン自身の可能性を潰《つぶ》したくなかった。だから、彼女の同行も許可した。

「本当に、嬉《うれ》しいです。しかし、お父様に許していただけるのか……」

「そうだな」

まず、フォートリエ子爵《ししやく》に事情を説明する必要がある。老人も、しばし休ませなければならないだろう。長い夜になる。食事も摂《と》っておいたほうがいい。

すぐさま、コンスタンタンとリュシアンは行動に移した。老人を使用人に託《たく》し、フォートリエ子爵に報告に行った。

フォートリエ子爵は即座《そくざ》に呼び出しに応じ、話を聞いてくれた。

「そんな事件が起きていたとはな」

「息子さんだと思って、言えなかったそうです」

「なるほど」

「今晩、畑に潜伏して、犯人を待ち伏せしようかと考えています」

コンスタンタンがそう宣言すると、フォートリエ子爵は瞠目《どうもく》する。

「なっ、アランブール卿《きょう》はリュシアンを捜《さが》して各地を駆け回《まわ》ったばかりだろう？　そこまでしなくてもいい。明日、調査隊を派遣《はけん》するから」

「しかし、酷《ひど》く不安に思っているようでしたので。私が行くだけでも、安心するでしょう」

「それはそうかもしれないが」

「お父様、わたくしも同行いたします」

「なんだと⁉」

フォートリエ子爵は先ほどよりも目を見開き、口をあんぐりと開く。

「お前は足手まといになるだろうが」

その言葉をコンスタンタンは否定する。リュシアンは頼《たよ》りになる相棒であると訴えた。

「リュシアン嬢のことは、何があっても守ります。どうか、お許しいただくよう、お願いします」

「しかしだな……」

娘を心配な親の気持ちは、痛いほどわかる。ロイクールに誘拐《ゆうかい》されたあとでもあるので、余計にそう思うのだろう。

「女性が家にいなければならないという考えは、些《いささ》か古いかと。私は——リュシアン嬢にさまざまな世界を、見せたいと思っています」

ここでコンスタンタンのスタンスを理解してもらう必要がある。そのため、失礼だとわかりつつもはっきりと述べた。

フォートリエ子爵家とは長い付き合いになるだろう。この場限りの言葉で乗り切ろうとは、微塵《みじん》も思っていなかった。

フォートリエ子爵に怒《おこ》っている様子はない。ただただ、威圧感《いあつかん》のある瞳《ひとみ》をコンスタンタンに向けるばかりである。額にジワリと脂汗《あぶらあせ》が浮《う》かんでいたが、目を逸らすわけにはいかない。

「お父様……お願いいたします」

「今まで、私はお前の願いを、何度叶《かな》えてきたことか」

「何か、お願いしていましたか？」

きょとんとするリュシアンに、フォートリエ子爵は「はー―」と深いため息を返す。

「新しいピアノは買わなくてていいから畑がほしいとか、農業の先生を雇《やと》ってほしいとか、野菜を手売りしたいとか。お前はいつだって、私の斜《なな》め上《うえ》を行く願いを口にしていただろうが」

「言われてみれば、そんなこともございました」

「お前のお願いに、私がどれだけ苦悩《くのう》したか、知らないだろうな」

「もしかして、嫁《よめ》のもらい手がつかないと、思っていましたの？」

「私の悩《なや》みなど、それしかないだろう。お前を自由に泳がせてくれる男は、世界各国を捜しても、アランブール卿くらいしかいない」

「わたくしも、そう思います」

フォートリエ子爵はコンスタンタンに向かって、頭を深く下げる。

「アランブール卿、この通りふつつかな娘だが、どうか、頼む」

「それは、もちろんです」

リュシアンの表情がパッと明るくなる。コンスタンタンに嬉しそうな視線を投げかけた。

頷いて返すと、リュシアンは頬を淡《あわ》く染める。

「あの、お父様、わたくしも、コンスタンタン様と一緒《いっしょ》に出かけてもいい、ということでしょうか？」

「言わずとも、わかるだろう」

「ありがとうございますっ！」

こうして、リュシアンの同行は許された。

◇◇◇

夕食はフォートリエ子爵夫妻と囲んだが、野菜泥棒の話を聞いたフォートリエ子爵夫人より小言を浴びてしまう。

「そういう問題は、自警団に任せるものです。フォートリエ子爵家の娘が、事件に首を突っ込むなどもってのほか！」

言葉が途切《とぎ》れたのと同時に、テーブルに前菜《オードブル》が運ばれる。フォートリエ子爵が給仕《きゅうじ》に目配せしたのだろう。

「カボチャのキッシュでございます」

一口大の可愛らしいカボチャのキッシュに、生クリームのソースが美しく添えられている。給仕が子爵夫妻のグラスに林檎酒《シードル》を注いだ。コンスタンタンとリュシアンは、このあと出かけるのでブドウの果汁《かじゅう》である。

「では、そうだな。リュシアンとアランブール卿の婚約に、乾杯《かんぱい》しようか」

フォートリエ子爵が食前酒である林檎酒を掲《かか》げ、強制的に食事を開始させる。

グラスを交《か》わし、コンスタンタンはカボチャのキッシュをいただくことにした。

カボチャのキッシュはタルト台に、カボチャのペーストが絞られたものである。口に含むと、ポタージュを食べているようだった。濃厚《のうこう》な味わいが、生クリームのソースと合う。

「リュシアン、話は終わっていませんからね」

「おい、今は食事中だ。もう、その件はいいだろう」

「よくありません！」

フォートリエ子爵はびくりと体を震《ふる》わせ、ぎゅっと唇を閉ざす。夫婦《ふうふ》の力関係が垣間見《かいまみ》えた瞬間《しゅんかん》であった。

「あなた達は騒《さわ》ぎから戻《もど》ったばかりで、きちんとした休養を取っていないのでしょう？　そんな中で出かけて、現場でまともな判断ができると思っているのですか？」

フォートリエ子爵夫人はただやみくもに反対しているわけではなく、体調を心配しているようだった。

「けれど、あなた方は何を言っても、自らの正義感を掲げて行ってしまうのでしょうね」

コンスタンタンとリュシアンは、同時に頭を下げる。

「親を、悲しませることはしないでください」

「はい」

「気を付けますわ」

これで終わりだと思っていたら、今度はコンスタンタンに鋭《するど》い目を向ける。

「アランブール卿、リュシアンのお願いを、なんでもかんでも聞き入れる必要はありませんからね」

「ええ」

「難しいことは、きっぱり断るのですよ」

「肝に銘《めい》じておきます」

フォートリエ子爵夫人の話は終わったようだ。コンスタンタンは小さく息をはく。この場でもっとも安堵《あんど》した様子を見せていたのは、フォートリエ子爵だった。

二品目の汁物《ポタージュ》は、琥珀色《こはくいろ》のコンソメスープが運ばれてきた。

「フォートリエ子爵領の野菜をふんだんに使った、スープでございます」

具は入っていない、シンプルなもののようだ。ひと口飲んだら、深みのある味わいに驚《おどろ》く。野菜の旨味《うまみ》が濃縮《のうしゅく》されているのだろう。今まで食べたどのコンソメスープよりも、おいしかった。

三品目の魚料理《ポワソン》は、丸ごと調理されたスズキの大皿が登場した。

「こちら、スズキのポワレ・ソースヴェルジュ、でございます」

ソースヴェルジュというのは、トマトとレモンに香草とオリーブを加えたソースらしい。

給仕係が器用にナイフを入れ、皿に美しく盛り付けてくれる。

一口大に切り分けて食べる。トマトのフレッシュな風味に、コンスタンタンはハッとなった。トマトの水煮《みずに》も混ざっていたが、刻んだ生トマトも使われている。トマトはこの寒い地域では収穫できない。いったいどういうことなのか？

「このソースに使っている生のトマトは、いったいどこで入手を？」

フォートリエ子爵が自慢げに教えてくれる。

「これは温室で育てた、冬採れトマトだよ」

「ああ、なるほど。温室で栽培《さいばい》した物でしたか」

シーズン外れである新鮮なトマトを使った料理に、コンスタンタンは素直に感嘆《かんたん》する。

「トマトは夏の強い太陽の光を浴びないと甘《あま》くならないが、ソースならば酸味がちょうどよい」

「ええ。とてもおいしいです」

コンスタンタンの感想に、フォートリエ子爵は満足げな様子で頷いた。

「私は客人を、こうして季節外れの野菜でもてなすのを楽しみにしているのだが、なかなか気付く者がいなくてな。やはり、アランブール卿は王の菜園育ちだからだろうか。野菜について詳《くわ》しい」

機嫌《きげん》を良《よ》くしたフォートリエ子爵は、給仕にスズキのポワレのお代わりを頼んでいた。

四品目は、肉料理《ヴィアンド》。

「ロティドブッフでございます」

フィレ肉を使ったローストビーフに、赤ワインのソースがかけられる。付け合わせは揚《あ》げたジャガイモに塩を振り、ディルを添えたものだった。

ローストビーフは驚くほど軟《やわ》らかく、濃厚な赤ワインのソースが赤身肉の味わいを引き立ててくれる。揚げたジャガイモの表面はカリカリ、中はホクホク。ほんのり甘みも感じた。

パンとフロマージュのあと、甘味《デセール》が運ばれてくる。

「ムース・オ・ショコラでございます」

中に森採れベリーのソースが挟まれた、フォートリエ子爵家自慢の一品のようだ。

ムースはコクがあるが、ベリーソースの酸味が後味をさわやかなものにしてくれる。食後の甘味にぴったりだった。あまりのおいしさに、ペロリと食べてしまった。

最後に、フォートリエ子爵領で採れたブドウを使ったワインが運ばれてくる。だが、このあとコンスタンタンは外に出るので辞退し、薬草茶をいただいた。

フォートリエ子爵は飲んで欲《ほ》しそうだったが、これぱかりは仕方がないことである。

「今年のワインは、今までの中でも最高の出来なんだが」

「お父様、去年も同じ事をおっしゃっていませんでした?」

「年々、仕上がりがよくなっているだけだ」

土産《みやげ》に、持たせてくれるという。

肩《かた》を叩《たた》く。

リュシアンはコンスタンタンの肩を叩いた。つまり、獣が畑に接近していると。

獣を発見した方向をリュシアンは指差すが、どれだけ目を凝らしても姿形は確認できず。

銃《じゅう》の撃《う》ち手を交代したほうがよさそうだ。コンスタンタンは猟銃が設置された三脚の前から退き、リュシアンに場所を譲《ゆず》る。

リュシアンはすぐさま、銃口《じゅうこう》を獣がいる方向へと向けた。

ふいに、ハッと息を呑《の》む声が聞こえる。リュシアンが手招きするので、身を寄せた。低い声で、耳打ちされる。

「おそらく、オオカミ、かと」

ドキンと、胸が跳《は》ねる。コンスタンタンはすぐさま、剣を手に取って鞘《さや》から引《ひ》き抜いた。

「すみません。キツネかもしれませんが……」

キツネであれば、臆病《おくびょう》なため人の姿に気付いたら逃げていくだろう。しかしオオカミであった場合、襲いかかってくる可能性がある。

リュシアンを守らなければいけない。剣の柄《つか》をぎゅっと握りしめる。

「あっ――」

リュシアンは銃の引き金から、手を離《はな》した。すぐさま、コンスタンタンに耳打ちする。

「コンスタンタン様、オオカミではないようです」

「キツネか？」

さらに、口に靴らしきものを銜《くわ》えているという。ようやく、コンスタンタンも姿を捉えることができた。

「犬だと？」

「いいえ、犬かと」

リュシアンの言う通り、オオカミに似た犬であった。暗闇の中では、判断が難しいだろう。オオカミと犬は同じ犬科であるものの、シルエットはわずかに異なる。オオカミのほうが耳や首、足などが大きい。

尻尾《しっぽ》も違いがある。オオカミはキツネのようにまっすぐな尻尾を持つのに対して、犬はくるんと巻いている。

畑に侵入《しんにゅう》した犬は、巻き尾《お》だった。オオカミではない。コンスタンタンは「はー」と息を吐《は》き出《だ》し、剣を鞘にしまう。

犬は井戸《いど》の前に靴を落としたあと、畑のジャガイモを引き抜く。上手に銜えて、回れ右をして帰って行った。

「どこかに運んでいるのでしょうか？」

「あとを追ってみよう」

「はい」

灯りを点《とも》した角灯を持ち、犬から三メートルほど離れ追跡《ついせき》する。

犬はジャガイモの蔓《つる》を銜え、トコトコ走っていた。

コンスタンタンが父グレゴワールから聞いた話によれば、犬の嗅覚《きゅうかく》は人間の百倍から一億倍と言われている。聴覚《ちょうかく》は人と比べて四倍聞こえるという研究結果もあった。

その点から推測するに、あとを追うコンスタンタンやリュシアンに気付いてもおかしくないのだが、犬は脇目《わきめ》も振らずに駆けている。

野犬かと思ったが、向かう先は村だ。おそらく、飼い犬だろう。

犬はなかなか止まらない。途中《とちゅう》でリュシアンの息が切れ切れになっているのがわかった。この暗闇の中に置き去りにするわけにはいかない。

「アン嬢、すまない。抱き上《あ》げる」

「え⁉」

コンスタンタンは小麦袋《ぶくろ》を持ち上げるように、リュシアンを抱《かか》えた。横抱《よこだ》きは走っていたら落としてしまいそうだった。よって、荷物のように抱き上げてしまう。

「しばらく我慢《がまん》していてくれ」

「は、はい」

リュシアンの甘い香《かお》りを、めいっぱい吸い込んでしまった。意識が遠退《とおの》きそうになったが、必死に耐《た》える。続いて、柔《やわ》らかい髪《かみ》の毛《け》が頬に触《ふ》れたが、これも気にしないよう努めた。

それから十五分ほど走り、犬は一軒の民家にたどり着く。

「ここは？」

「えっと、確か、老夫婦《ろうふうふ》が住んでいる家だったかと」

犬はまっすぐ玄関《げんかん》に向かい、ジャガイモをポトリと落とした。すぐに玄関から離れ、家の裏側のほうへと行ったので、コンスタンタンはリュシアンを下ろして確認する。

ジャガイモは囓《かじ》られることなく、きれいな状態だった。まるで、老夫婦のために持ってきてくれたかのようである。

角灯で照らしていたら、コンスタンタンはあるものに気付いた。先ほど、犬が持ってきた靴の片方が、玄関に干してあったのだ。

「同じ靴だな。これの片方を銜えて、畑まで持ってきていたのか」

「なぜ、靴を持って行ったのでしょう?」

ここで、タッタと足音が聞こえた。犬が戻ってきたのだ。コンスタンタンとリュシアンを見るなり、ワンワンと鳴き始める。

コンスタンタンはリュシアンを守るように一歩前に出た。幸いにも、犬は唸《うな》っていない。ただただ、吠《ほ》えるばかりである。

「おやおや、こんな時間に、お客さんかい?」

家から老婆《ろうば》がでてきた。犬は吠えるのを止《や》め、尻尾を振《ふ》って老婆のもとへ走る。

「あんた達は——ああ、また、野菜が。もしかして、ジャガイモを持ってきてくれたのかい?」

老婆が問いかけた瞬間、ヒュウと強い風が吹いた。寒いだろうからと、家の中へと招き入れてくれた。

ロザリーの家同様、ドワーフの家のような小さな扉をくぐり、台所へと案内される。

中は真っ暗だ。夜間に室内が煌々《こうこう》と明るい家など、貴族の邸宅《ていたく》くらいなのだろう。

廊下《ろうか》の床板《ゆかいた》は、歩く度《たび》にギイギイと音を鳴らしていた。ずいぶんと、年季が入った家のようだ。

「すまないねえ。居間のほうは、もうずっと暖炉《だんろ》の火を点《つ》けていなくて。台所だったら、さっきパンを焼いたから、少しだけ暖かいはずだよ」

台所は広くはないものの、食堂も兼《か》ねているようだ。四人がけのテーブルと椅子《いす》が置かれている。コンスタンタンは丸太を切っただけの椅子に、身を縮めて座《すわ》った。

「コンスタンタン様、汗《あせ》をお拭《ふ》きしても?」

リュシアンに問いかけられて気付く。いつの間にか、汗を掻《か》いていたようだ。

普段の訓練ならば、少し走った程度では汗をかかなかっただろう。今回はリュシアンを抱えて走ったため、冷《ひ》や汗を掻いていたのだ。

「失礼いたします」

リュシアンはコンスタンタンに身を寄せ、汗を拭《ぬぐ》ってくれる。ぐっと接近してきたリュシアンの胸が、コンスタンタンの肩にむぎゅっと押し当《あ》てられた。

「――ッ!!」

声を上げるより先に、体が動いてしまう。リュシアンの腰に腕を回して押し戻そうとしたが――。

「きゃっ！」

リュシアンはバランスを崩《くず》し、コンスタンタンの胸に飛び込む形となった。

今度は、リュシアンの柔らかな体を自身で受け止めてしまう。なんとも言えない感覚だが、味わっている場合ではない。しっかり抱《だ》き留《と》め、元いた位置へと戻してあげる。

「あ、あの、も、申し訳ありません」

「今のは私が悪い。その、アン嬢の体が当たっていて、断りもせずに触れてしまったから」

「そ、そうだったのですね。こちらこそ、不快な思いをさせてしまい、申し訳ありませんでした」

「いや、不快というわけではなく——まだ私達は婚約関係であるので、密着は最低限にしたほうがいいと思い」

「あ、ああ！　そ、そう、ですわね」

リュシアンはささっとコンスタンタンの額の汗を拭い、隣《となり》の椅子に素早《すばや》く腰掛《こしか》けていた。

角灯に照らされた頬が、真っ赤に染まっている。まるで、熟《う》れたリンゴのようだった。

結婚《けっこん》するまでこの愛らしい人に触れられないのかと考えると、コンスタンタンは軽く絶望してしまいそうだった。

ゴホンと咳払《せきばら》いし、邪《よこしま》な思いはすべて頭の中から追《お》い払《はら》った。

「これでも飲んで、温まっておくれ」

老婆はかまどの余熱で沸かした湯で、茶をふるまってくれる。庭で積んだ薬草を煎《せん》じたものらしい。

老婆はコンスタンタンとリュシアンの前に腰掛ける。

「それで、あんた達が野菜を持ってきてくれたのかい？」

「いいえ、野菜を持ってきていたのは、わたくし達ではございません」

「おや――あんた……もしかして領主様の娘？」

「はい。申《もう》し遅《おく》れました。リュシアンと申します。こちらは、騎士《きし》のコンスタンタン様です」

「おやおやおや、これは驚いた。すまないねえ。目が悪くて、気付かずに」

「いいえ」

老婆は来客がリュシアンだと、気付いていなかったようだ。

「わたくし達は、犬を追ってここまで来ました」

「うちの犬が、何かしたのかい？」

「村の外れの畑から、ジャガイモを引き抜いてここに持ち帰ったので、追跡していたのです」

「ああ……そう。届けられていた野菜は、あの子が勝手に持ってきた、余所《よそ》様の家のものだったの」

老婆は「それは、悪いことをしたねえ」と呟《つぶや》く。

「ここ最近、うちのお爺《じい》さんの具合がよくなくてね。看病の傍《かたわ》ら、畑仕事をしていたら、私まで体の調子が悪くなって」

買い物すら行けなくなる中、重たい体を引きずって外にでたところ、野菜が置かれていたらしい。

「この辺りでは、たまにあるんだ。収穫《しゅうかく》した野菜を、隣近所《となりきんじょ》の玄関に置いておすそ分けしてくれることが。あの野菜も、親切な誰かが持ってきてくれたのだと、思っていたんだよ」

フォートリエ子爵領では、野菜の物々交換《ぶつぶつこうかん》を頻繁《ひんぱん》に行っているらしい。過剰《かじょう》に収穫された野菜や、傷が入って売り物にならない野菜などを、近隣《きんりん》住民と交換するのだ。

対面で行う日もあれば、こっそり玄関に置いて帰る日もあるという。

「元気になったら、誰が持ってきてくれたのか聞こうと思っていたんだ。でもまさか、うちの犬が野菜を盗《ぬす》んでいたなんてねえ」

「いいえ、盗んでいたのではありませんよ」

「どういうことなんだい？」

コンスタンタンも同様に、リュシアンの発言に首を傾《かし》げる。犬は勝手に畑から野菜を引き抜いて、家に持ち帰った。盗む以外に表現の方法があるとは思えない。

「犬はこの家にある靴を銜えて畑にやってきて、落としたあと野菜を引き抜いていました。人がしている物々交換を見て学習し、靴と野菜を交換しているつもりだったのでしょう」

「偶然《ぐうぜん》じゃないのかい？」

「偶然ではないと思います。今まで何度も、あぜ道に靴が置かれていたようなので」

靴の謎《なぞ》は、リュシアンの考えで間違《まちが》いないだろう。犬は賢《かしこ》い。老婆を助けるために、野菜と靴を交換しているつもりで、畑から引き抜いていたのだろう。

「明日、謝《あやま》りにいかないとだねえ」

「一応、こちらから事情を説明しておきます。何かあったら、報告に来ますので」

「そんな、フォートリエ子爵家のお嬢様《じょうさま》に、そこまでさせるわけには」

「いいのですよ。わたくし達《たち》フォートリエ子爵家の者達は、領民のために働くことを、喜びとしていますので」

「そうかい……ありがたいねえ」

最後に、リュシアンは老婆に伝える。どうか、犬を怒らないでくれと。

「お婆《ばあ》さんを思って、野菜を持ってきてくれたので……」

「そうだねえ。怒らないようにしておくよ」

夜も更《ふ》けてきた。時間も時間なので、お暇《いとま》する。

玄関を抜けると、犬が待ち構えており、「くうん」と甘えた声で鳴いた。コンスタンタンは犬の頭を、ぐしゃぐしゃと撫《な》でる。

「では、夜分遅《おそ》くにお邪魔《じゃま》しました」

リュシアンの言葉に、老婆は深々と頭を下げる。

謎は解けた。コンスタンタンとリュシアンは、来た道を辿《たど》って歩く。

畑に戻ると、家に灯《あか》りが点いていた。まだ、老人は起きているようだ。事情を説明するため、家の戸を叩く。顔をひょっこり覗《のぞ》かせた老人に、コンスタンタンは告げた。

「犯人がわかった」

「な、なんと！」

「村の、犬だった」

事情を説明すると、老人は心底安堵したような表情で「よかった」と呟いていた。

「それで、どうする？」

「もちろん、問題にはいたしません。物々交換ですからな」

そんなわけで、事件は無事解決となった。

リュシアンは今回の騒動を受け、フォートリエ子爵に老夫婦の家庭の見回りをしてほしいと頼み込んだようだ。すぐに、対策に出てくれるという。

「コンスタンタン様、事件を解決してくださって、ありがとうございました」

果たして、コンスタンタンが解決したと言っていいものか。大いに疑問に思う。

犬を発見したのはリュシアンで、靴の謎を解き明かしたのもリュシアンである。

コンスタンタンはリュシアンを抱えて走り冷や汗を掻いたばかりで、活躍《かつやく》なんてしていない。

「本当に、感謝してもし尽《つ》くせませんわ」

「いや、今回の事件を解決したのは、アン嬢だろう」

「わたくしは、何もしておりません。同行すると主張した挙げ句、体力が続かずに足を引っ張ってしまいました」

リュシアンはなんとも謙虚《けんきょ》な発言を返してくれた。

情けない姿を見せたような気もするが、リュシアンの彼への評価はまったく下がっていないようだ。

「暗闇《くらやみ》を恐《おそ》れず、果敢《かかん》に進んでいくコンスタンタン様の姿は……その、とてもすてきでした。遅れるわたくしを取り残さず、抱きかかえて走ってくださり……心から、感謝いたします」

リュシアンにとってすてきな騎士に見えていたのだから、それでいいと思うようにしておく。


このようにして、フォートリエ子爵領の事件は解決となった。

幕間その二　お嬢様は新しい侍女に畑仕事を教える

ソレーユ・ド・デュヴィヴィエ――公爵家《こうしやくけ》の娘《むすめ》であり、第二王子の婚約《こんやく》お披露目《ひろめ》パーティーから逃走《とうそう》したお転婆《てんば》令嬢《れいじよう》である。

ソレーユ・ド・シュシュと名を偽《いつわ》って、リュシアンの侍女となった。

リュシアンはソレーユが公爵令嬢だと知らずに、本日も行動を共にしていた。

◇◇◇

今日は朝から、婚礼《こんれい》衣装について話し合う。ドラン商会の元会長ドニの紹介《しようかい》で、王都で人気の服飾《ふくしよく》職人ロランスに作って貰《もら》うこととなったのだ。

リュシアンはロザリーとソレーユの二人を引き連れ、応接間で待ち構える。

やってきたのは二十歳《はたち》前後の年若い男性で、ロランスの一番弟子《でし》だという。

「ジョー・バイヤールと申します。どうぞ、よろしくおねがいいたします」

差し出した手を握り返したのは、リュシアンの新しい侍女ソレーユである。パールグレイの髪を三つ編みにしてクラウンのように巻き、後ろは頭の高い位置でひとつにまとめている。地味な草色のドレスをまとっているのに、彼女《かのじょ》自身の容貌《ようぼう》が華《はな》やかだからだろう。

そんな美しき侍女ソレーユは、勝ち気な様子で言葉を返した。

「ええ。お手並み拝見とさせていただくわ」

ジョーと名乗った服飾職人の青年は、苦笑いを返していた。

「では、始めましょう」

テーブルの上に、婚礼衣装のカタログが広げられた。

「こちらが、当工房《こうぼう》が製作している花嫁《はなよめ》衣装の一覧となります」

今の流行は、袖《そで》がふんわり膨《ふく》らんだパフスリーブのドレスだという。ロザリーはうっとりした表情で、デザイン画を眺《なが》めていた。

「このドレス、物語の中のお姫様《ひめさま》みたいですね」

「ええ。三十年前に流行したデザインなのですが、時を経て洗練された形となっております」

「そういえば、母の結婚式《けっこんしき》の肖像画《しょうぞうが》も、このようなドレスだったかと」

「私はそのドレスよりも、こっちのドレスが似合うと思うわ」

ソレーユが指差したのは、首から爪先《つまさき》まで露出《ろしゅつ》が一切《いっさい》ない、モスリンのスカートに精緻《せいち》なレースを重ねた清楚《せいそ》な一着である。

「確かに、アンお嬢様は、こっちが似合いそうです」

「アランブール卿は騎士様でしょう？　白い正装とこのドレスは、お似合いだと思うわ」

リュシアンはデザインをまじまじと見つめる。ソレーユの言う通り、コンスタンタンの正装姿とよく合うような気がした。

「そちらは貞淑《ていしゆく》を象徴《しようちよう》するような一着で、流行関係なく、どの時代でも人気が高い一着です。時代遅れがないので、一年後でも二年後でも、安心して着用できますよ」

「でしたら、こちらに」

「ありがとうございます」

案外すんなりとデザインが決まり、リュシアンはホッと胸をなで下ろす。

だが、ここからが大変だった。生地《きじ》の種類に、刺繍《ししゆう》の意匠《いしよう》、トレーンやベールの長さなど、決める項目《こうもく》は山のようにあった。

悩んでいると、ソレーユが的確なアドバイスをくれるので非常に助かる。ロザリーも勉強になると、嬉《うれ》しそうだった。

「いやはや、さぞかしお美しい花嫁になるのでしょうね。王の菜園の騎士と、フォートリエ大農園のお嬢様の結婚ですか。幼いころから、決まっていた結婚だったのですか？」

「いえ、わたくしが王の菜園にお手伝いにやってきて、その……」

「ああ、もしかして、見初《みそ》められたのですか？」

「え、ええ」

リュシアンは顔が熱くなっていくのを感じていた。なれそめを話すのは、酷く恥《は》ずかしい。

「いいですね。互《たが》いに恋《こい》をして、結婚する。夢物語のようです」

リュシアンとコンスタンタンのように、恋が成就《じようじゆ》して結婚に至る貴族の男女は稀《まれ》だ。

貴族の結婚は政治的意味合いが強い。そのため、恋心《こいごころ》を抱《いだ》いたとしても、実らないことがほとんどだった。

「幸せを祈《いの》りつつ、工房の職人が製作いたしますので」

「ありがとうございます」

三時間かけて、ようやく終わった。三人で茶と菓子《かし》を囲み、ひと休みする。

「ソレーユさんのおかげで、スムーズに進みました。ありがとうございます」

「礼には及《およ》ばなくてよ」

ソレーユは尊大な態度で言葉を返す。

知らない人が聞いたら、主従は逆かと思うような態度であった。

「婚礼衣装の準備は、一度経験しておりますので」

「えっ⁉」

ロザリーは驚いた声を出したので、慌《あわ》ててリュシアンが口を塞ぐ。完全に、遅かった。

気まずい空気となる。

「あの、ソレーユさん、ごめんなさい。このお話は、触れないほうがよろしいでしょうか？」

ソレーユは顎《あご》に手を添《そ》え、しばし考えごとをするような仕草を取っていた。

「こちらのほうこそごめんなさい。空気を読まない発言をしたわ。私自身、なるべく考えないようにしていたの。よかったらだけれど、聞いてくれる？」

「ええ、もちろんです」

ソレーユは母方の親戚《しんせき》の娘だと両親から聞いていた。年齢《ねんれい》はリュシアンと同じくらいで、結《けっ》婚適齢期《こんてきれいき》である。それなのに、侍女になりたいと望むのはワケアリなのだろう。リュシアンはそう察していたが、気付かないふりをしていたのだ。

この先、付き合いが長くなれば、触れてはいけない部分も知っておかなければならないだろう。いい機会だと思い、リュシアンはソレーユの事情に耳を傾《かたむ》ける。

「私は、ある方に嫁《とつ》ぐために、ずっと花嫁修業《しゅぎょう》を頑張《がんば》っていたの」

家柄《いえがら》のいい家に嫁ぐ予定だったようで、花嫁修業は通常二年程度であるが、ソレーユは五年もしていたのだとか。

「結婚相手だった人は年上で、直接会うことはほとんどなかったけれど、ずっと文を交わしていたの。とてもすてきな男性で……恋を、していたのだと思うわ。親の決めた結婚相手なのに、おかしな話でしょう?」

リュシアンはそんなことはないと否定する。恋は突然《とつぜん》降りかかってくるものだ。

「リュシアンさん、ありがとう」

ソレーユは切なげな表情で、話を続けた。

「結婚相手だった男性《ひと》は、国のために尽力《じんりょく》されていて、いつか私も支えることができたら、と考えていたわ」

そんなソレーユの願いは叶《かな》わなかったのだ。

「もう少しで婚約発表をできるという段階で……言い方は悪いけれど、横槍《よこやり》が入ったの。私との婚約話を解消して、別の女性と結婚したいと」

もちろん、ソレーユの結婚相手だった男性が決めたものではなく、当主同士の意向だったのだとか。

「結婚は親が決めることで、自分ではどうにもならない。わかっていたのに、絶望してしまったの。同時に、初恋《はつこい》は実らないというけれど、こういう形で散ってしまうのねって、ガッカリしたわ」

話はそれで終わりではなかった。続けて、新しい婚約の話が舞《ま》い込んできたのである。

「結婚するはずだった相手の弟を、あてがってきたの。その人は――」

ソレーユは「はあ」と、呆《あき》れたようなため息をつく。よほどの問題児だったのだろう。

「私の前にも何人か婚約者《こんやくしゃ》候補がいたようだけれど、すべて結婚まで話がいかなかったようなの。社交界での評判もよくなくて」

けれど、ソレーユに拒否権《きょひけん》はない。父親からの話に、頷《うなず》く他なかった。

「何度も何度も、面会の約束をすっぽかされたわ。他の女性と、遊《あそ》び呆《ほう》けていたのよ」

跡取《あとと》りとして厳しい教育を施《ほどこ》された兄とは違《ちが》って、弟のほうは自由奔放《じゆうほんぽう》に育てていたようだ。

どれだけ酷《ひど》い扱《あつか》いを受けても、ソレーユは堪《こら》えていた。それが、貴族に生まれた女性の務めだからと、何度も言い聞かせながら。

「結局、会えたのは婚約お披露目パーティー当日だったの」

もう、彼《かれ》に期待なんて欠片《かけら》もしていない。女遊びをしようが、約束を破ろうが、自由にしてくれと思うほどだったという。

さっさと子どもを産んで、あとは静かな領地でのんびり過ごしたい。そんなことを考えていたソレーユに、とんでもない発言をしたようだ。

「愛人が妊娠《にんしん》しているから、実の子として認めてほしいと言ってきたのよ。その瞬間《しゅんかん》、私の中にある怒《いか》りが爆発《ばくはつ》してしまったの。わかりましたと笑顔《えがお》でお言葉を返して、パーティーが始まる前に会場から逃《に》げ出したわ」

なんと大胆《だいたん》で、豪胆《ごうたん》の持ち主なのか。リュシアンはソレーユの生き方に、驚きを隠《かく》せない。

「絶対に、許せないの。私の人生を踏《ふ》みにじるような野蛮《やばん》な人のことは。そんな相手に、従う必要なんて、これっぽっちもないのよ」

ロザリーが小さな声で「カッコイイ……！」と呟いていた。

「無責任であることは、わかっているの。でも、我慢できなかった」

結婚適齢期のソレーユが侍女になった理由を、リュシアンは知ることとなった。

彼女の気持ちは痛いほどわかるが、同じ貴族令嬢《れいじょう》としてはなんとも言えない行為《こうい》である。

「それから、私の旅が始まったわ」

逃げ出したソレーユは、宝石の粒《つぶ》が縫《ぬ》い込まれたドレスを売って旅支度《たびじたく》をしたらしい。

「知り合いの家を転々とさせてもらって、フォートリエ子爵領《ししやくりよう》にたどり着いたの」

ソレーユの父親の趣味《しゆみ》が旅行だったために、どの馬車に乗ればいいのか、というのを把握《はあく》していたようである。

「子どもの頃《ころ》、父はよく旅行につれて行ってくれたわ。世話役の侍女を一人連れて。でも、あとから聞いちゃったのよね。あの侍女は、父の愛人だったと」

父と娘の微笑《ほほえ》ましい旅行と思いきや、不倫《ふりん》関係にある女性との楽しい旅行だったわけだ。

「本当、しようもない生き物よね」

リュシアンは返答に悩《なや》む。両親は仲がよく、父は母一筋だった。コンスタンタンの父グレゴワールも、亡《な》くなった妻を今でも健気《けなげ》に想《おも》っている。

コンスタンタンはどうだろうか。もしも愛人を迎えたいと言われたら、受け入れることができるのか。深い思考の渦《うず》に呑《の》み込まれそうになる。

「心配しないで。コンスタンタン・ド・アランブールは、リュシアンさんにぞっこんだから」

「そ、そう、でしょうか？」

「ええ、間違いないわ」

ソレーユは根拠《こんきょ》があるという。

「あの人、街でほとんどの人が振り返《かえ》って見るような美人がいても、無表情かつ無反応なのよ。でも、リュシアンさんを目にすると、表情が柔らかくなるの」

「わかります！　アランブール卿《きょう》の顔の筋肉は、アンお嬢様を前にしたときだけ、活発に動くのですよ！　私も、最近わかるようになりました」

「リュシアンさん、安心して。世の中すべての男性が、浮気性《うわきしょう》というわけではないから。女性だって、愛人を迎える人は大勢いるし」

コンスタンタンを疑っていたわけではないが、ソレーユの話を聞いてホッとしてしまった。

「私が叶えられなかった恋を、リュシアンさんが叶えてくれて、とっても嬉しいわ。だから、この先も、お手伝いさせてくれるかしら？」

ソレーユの差し出した手を、リュシアンは両手で包み込むように握った。

◇◇◇

昼からは畑仕事に出かける。

汚《よご》れてもいいドレスにエプロンをかけ、日焼けしないよう麦わら帽子《ぼうし》を被《かぶ》る。本日はブロッコリーの収穫を行うのだ。

ロザリーだけでなく、ソレーユも手伝うと言ってついてきていた。畑に足を踏み入《い》れるのは、初めてである。

明らかに箱入《はこい》り娘といった感じだ。リュシアンは屋敷《やしき》で別の仕事をしたほうがいいのではと提案したが、ソレーユは手伝うと主張して聞かなかったのだ。

案の定、ソレーユはあぜ道を歩いただけで悲鳴を上げている。

「きゃあっ！　ここ、靴《くつ》が沈《しず》んでいくわ！　沼《ぬま》！　底なし沼じゃないの？」

「あはは、ソレーユさん。その辺は泥《どろ》がぬかるんでいるだけですよお」

リュシアンはソレーユの反応を笑えない。子どものころ、ぬかるんだ土に足を取られて転倒《てんとう》し、その場が底なし沼であると泣《な》き叫《さけ》んだ記憶《きおく》があるからだ。

「ソレーユさん、大丈夫《だいじょうぶ》ですよ。手を」

「あ、ありがとう」

ソレーユは無事、ぬかるみから脱出《だっしゅつ》する。彼女の受難は、それだけではなかった。

「む、虫ー！　何か、小さな虫が、飛んで来たわ！　ヤダ、気持ち悪い！」

ヘビの抜《ぬ》け殻《がら》を見ては跳《と》び上がり、穴からモグラが顔を出しては悲鳴を上げ、クモの巣に引っかかりお化けが通り過ぎたと動転する。

「アンお嬢様、お化けが通り過ぎたって、なんですか？」

「お化けが通り過ぎるとき、クモの巣が引っかかったような感覚になる、という話を聞いたことがあります」

「でもあれ、確実にクモの巣ですよね？」

「え、ええ」

畑にたどり着くまでに、ソレーユにいくつもの困難が降り注いでいた。

顔色を青くする彼女に、ロザリーが声をかける。

「あの、ソレーユさん、大丈夫ですか？」

「だ、大丈夫に決まっているじゃない！」

「やはり、屋敷のほうで、別のお仕事をしていたほうがいいのでは？」

「い、いいえ、平気。虫も、モグラも、お化けが通りすがっても大丈夫だから！」

負《ま》けず嫌《ぎら》いなのだろう。ソレーユは頑《かたく》なに、屋敷へ戻《もど》ろうとしなかった。こうなったら、ブロッコリーの収穫を頑張ってもらうしかない。

リュシアンはブロッコリー畑の畝《うね》の間に入り、ソレーユを手招く。

「畑の、中に、入るのね」

「ええ」

「虫やヘビが潜《ひそ》んでいることはないの？」

「たまにありますが、そうなったときはそうなったときですわ」

リュシアンの潔《いさぎよ》い返答に、ソレーユは顔色をさらに悪くする。

「あのー、ソレーユさん、やっぱり、お屋敷でお仕事を」

「ロザリー、私は、大丈夫だと言っているでしょう!?」

ソレーユはロザリーの言葉に涙目《なみだめ》で返し、大きく深呼吸をして畑に足を踏み入れた。

「ああ……ブロッコリーの葉っぱが、ワサワサ……！」

おかしみ溢《あふ》れるコメントを口にしながら、一歩、一歩と慎重《しんちょう》な足取りで進んでいた。

蔓のある野菜でなくてよかったと、リュシアンは思う。それくらい、ソレーユの足取りは危《あや》ういものだった。

リュシアンのいるところまでたどり着いたソレーユだったが、今度はしゃがむように言われて困惑《こんわく》の表情を浮《う》かべている。

「こ、ここに、しゃがまないといけないのね」

「ええ」

「スカートが汚れるけれど、いいの？」

「大丈夫です。汚れは洗ったら落ちますので」

「そ、そう」

リュシアンはソレーユの手を握り、一緒《いっしょ》のタイミングでしゃがみこんだ。

「ああっ、ブロッコリーの葉っぱが、ワサワサしているわ！」

「ええ、元気いっぱい育ちました」

まず、収穫用のナイフを取り出す。すると、ソレーユがギョッとした。

「そ、そんなに大きなナイフを、使うのね」

「ええ。ブロッコリーの茎《くき》の部分は太いので」

ロザリーがソレーユの分のナイフを手渡《てわた》す。思っていた以上に重かったのだろう。信じがたいという視線を、ナイフに向けていた。ここで、ロザリーが我慢できずに噴《ふ》き出す。

「うっ、うはっ！」

「あなた、どうかしたの？」

「ご、ごめんなさい。ソレーユさんの反応や言動が、あまりにも、おかし……いえ、可愛《かわい》らしいので」

「放っておいてちょうだい」

「は、はい。すみません。私はちょっと、離れた場所で作業しますね」

ロザリーが去り、二人きりとなる。リュシアンはまず、おいしいブロッコリーの見分け方から教えることにした。

「まず、黄色くなっているものは、国王陛下に献上《けんじょう》できません」

「どうして？」

「花芽が開く寸前だからです。ブロッコリーは、鮮《あざ》やかな緑色を見せているときが食《た》べ頃《ごろ》なのですよ」

「へえ、そうなのね」

ブロッコリーは花蕾《からい》と茎部分を食べる珍《めずら》しい野菜だ。茎の部分に多くの栄養があると言われている。花が開いてしまったら食べられない、繊細《せんさい》な野菜でもある。

「おいしいブロッコリーの特徴《とくちょう》は、花蕾に葉が巻き付いているものになります。外気に触れないよう、葉が保護しているブロッコリーは、驚《おどろ》くほど軟《やわ》らかくて、おいしいのです」

「そうなのね」

ソレーユは身を乗り出してブロッコリーを観察し、葉が巻き付いたものを発見する。

「リュシアンさん、これだわ！」

「ええ。きれいに巻き付いていますね」

「でしょう？」

リュシアンは茎部分にナイフを当て、ブロッコリーを収穫する。

「待ってちょうだい！　リュシアンさん、今、手元を見ないでナイフを操《あやつ》ったの!?」

「ええ。覗き込んでも、ブロッコリーの茎は葉に囲まれていて、見えないので」

「と、とんでもなく素晴《すば》らしい技術だわ。あなた、本当に子爵令嬢《ししやくれいじよう》なの？」

「い、一応は」

ソレーユはリュシアンに、尊敬の眼差《まなざ》しを向けていた。令嬢らしくない特技であるが、その点はまったく気にしていないようだ。

「どうしましょう。こんなに大きなナイフを扱うのは初めてだし、上手《うま》くできるかしら？」

「最初は、周囲の葉を取ってから、茎を切ってみましょうか」

「それがいいわ」

リュシアンはサクサクと、ブロッコリーを囲む葉をナイフで切っていく。茎がむき出しになった状態で、ソレーユに場所を譲った。

「はい、どうぞ」

「ありがとう」

ナイフで怪我《けが》をしないよう、しっかり見守っておく。ソレーユは意を決したようにナイフを鞘から取り出す。刃《やいば》が太陽の光を反射し、キラリと輝《かがや》いた。

「食事用のナイフ以外を扱うのは、初めてよ」

「ゆっくりでいいですからね」

ソレーユは両手にナイフを握ってブロッコリーの茎に刃を当て、木こりが木を伐《き》るようにギコギコと前後に動かしていた。

「やだ、難しいわ。リュシアンさんは、一瞬《いっしゅん》で切ったのに」

「あの、すみません。ナイフは利《き》き手《て》に持ち、空いている手はブロッコリーを押《お》さえて切るのです」

「あ、そうなのね。道理で難しいと」

ナイフを握《にぎ》り直し、再度挑戦《ちょうせん》する。重たいからか、ソレーユの手はぶるぶると震《ふる》えていた。

リュシアンは心の中で頑張れと応援《おうえん》する。

一分ほどかけて、ブロッコリーの収穫に成功した。

「リュシアンさん、採れたわ」

「はい！　お見事です」

リュシアンが褒《ほ》めると、満更《まんざら》でもないような表情を浮かべている。

頬には泥がつき、額には珠《たま》の汗が浮かんでいたが、今まで見たどのソレーユよりも美しかった。


数をこなすうちに、ソレーユはブロッコリーの収穫が上達していく。最後のほうになると、手元を見なくても採れるようになった。

収穫したばかりのブロッコリーは、傷や動物が齧った跡《あと》がないか確認《かくにん》したあとカゴに詰《つ》める。

「あとは、国王陛下の食卓《しょくたく》に運ばれるばかり？」

「いいえ、これで終わりではないのです」

「何かするの？　野菜を洗うとか？」

「最後のお仕事は、野菜の毒味ですわ」

「毒味⁉」

野菜は基本、加熱された状態で食卓に上がる。野菜が原因の食あたりは滅多《めった》にない。

「一世紀ほど前、王の菜園に毒が撒《ま》かれ、毒の成分を含《ふく》んだ野菜が育った事件が発生したようで、それ以降、収穫した者が毒味をする決まりとなっているのです」

体調に問題ないようであれば、そのまま出荷《しゅっか》されるという仕組みである。

「というわけで、今からブロッコリーの毒味をいたします」

「え、ええ。でも、ブロッコリーは生で食べられるの？」

「あまり食べないかと」

「そうよね。おいしくなさそうだし」

「茹《ゆ》でてから食べましょう」

「それがいいわ」

リュシアンはソレーユと共に、いつも休憩《きゅうけい》場所として使っている広場に移動した。

「ここで、ブロッコリーを茹でます」

「えっ、どうやって⁉」

「まずはここに、火を熾《おこ》します」

リュシアンが指差した先には、円形に置かれた石があった。中心に、何か燃やしていたような跡がある。

「いつも、休憩時間に紅茶を飲んだり、焼きジャガイモを作ったりしていますの」

「そ、そうなのね」

リュシアンは木の枝や転がっていた藁《わら》を拾い、マッチで火を点ける。小さな火だったが、リュシアンが風を送ることによって大きくなっていった。

屋敷《やしき》から持ってきていたカゴの中の鍋《なべ》を取り出し、火の上に置いた。近くにある井戸《いど》から水を汲《く》んで、鍋に注ぎ入れる。

「次は、ブロッコリーを洗います。花蕾の裏に、ゴミや虫が入り込んでいるときがありますので」

「む、虫……！」

ソレーユの顔が大きく引きつったが、リュシアンは気付かないふりをした。

畑に虫はつきものである。慣れてもらわないと、仕事はままならないだろう。

毒味用のブロッコリーは、見目がよい物を一つ、見目が悪いものを二つほど茹でる。

まずは井戸の水で洗う。あまりの冷たさに、リュシアンは「ひゃっ！」と軽い悲鳴をあげてしまった。

「今日の水は、特に冷たいようです」

「そんなに冷たいの？」

「はい。ソレーユさんは触《ふ》れないほうがいいかもしれません」

「大丈夫《だいじょうぶ》よ。私もやるわ」

桶《おけ》に張った水に指先を浸《ひた》した瞬間、ソレーユの表情が凍《こお》る。思っていた以上に冷たかったのだろう。

「冷たいでしょう？」

「こ、これくらいだったら、我慢《がまん》できるわ」

「無理はせずに」

「平気よ」

リュシアンは心配しつつ、ブロッコリーの洗い方を伝授する。

瞬く間《またたくま》に、ソレーユの白い指先は赤く染まっていった。痛々しいが、止《や》めるように言ったら彼女の自尊心を傷つけてしまうのだろう。リュシアンは見守るだけに止《とど》めた。

なんとかブロッコリーを洗いきる。

一年中井戸の水に触れているリュシアンでさえ辛《つら》い作業だったが、ソレーユは文句一つ言わず、慣れない手つきでブロッコリーを洗っていた。

「そろそろお鍋が沸騰《ふっとう》しているようですね」

ブロッコリーを一口大に切り分け、鍋の中へと入れる。塩をひとつまみほど入れ、五分ほど煮《に》るのだ。

「ブロッコリーが鮮やかな緑になったわ」

「きれいですよね」

「ええ、そうね」

湯切りしたブロッコリーを、ソレーユはじっと見つめていた。

「どうかしましたか？」

「いえ、いつも食べていたブロッコリーも、誰《だれ》かが育てて、収穫して、出荷されたものが食卓に並んでいたのだと思って。今まで気にせずに、パクパク食べていたものだから」

野菜は誰かの苦労によって作られ、人の胃袋《いぶくろ》へと収まる。ブロッコリーの収穫作業を経て、ソレーユは新しい世界を知ることとなったようだ。

「これからはもっと、食前の祈りのときに感謝を込めるわ。だって、野菜の収穫って、本当に大変ですもの」

「そうですね」

話をしている間に、ブロッコリーはほどよく冷めたようだ。リュシアンはそのまま手で掴《つか》み、パクリと食べる。

「そのままで、食べるのね」

「とってもおいしいですよ」

普段《ふだん》、ドレッシングをかけたり、スープに入っていたりと、味付けされたものを食べていたのだ。いきなりブロッコリーそのものを食べろと言われても、困惑するだろう。

そう思って、リュシアンはマヨネーズの瓶《びん》をカゴに入れていたのだ。

「ソレーユさん、マヨネーズを」

「いいえ、大丈夫よ」

ソレーユはキョロキョロと周囲を見渡《みわた》す。何を探しているのかと質問したら、フォークやナイフが欲《ほ》しかったようだ。

「ごめんなさい、カトラリーは持ってきていなくて」

「そ、そうだと思ったわ。大丈夫。このままいただくから」

恐る恐るといった手つきで、ブロッコリーを掴む。そして、意を決した様子でパクリと頬張《ほおば》った。ソレーユの目は、パッと見開かれる。

「とってもおいしいわ！」

そう叫んだあと、改めて確認するかのように二個目のブロッコリーを食べる。

「採れたてのブロッコリーって、驚くほど甘《あま》いのね」

「そうですね」

「それから、ポリポリっていう、歯ごたえが絶妙《ぜつみょう》だわ。リュシアンさんの茹で時間が上手いのね。うちの料理長、いつもくたくたになるまで、ブロッコリーを煮るのよ。ブロッコリーがこんなにおいしいだなんて、知らなかったわ」

ロザリーが合流する。山のようなブロッコリーに、マヨネーズをかけて食べた。

ここでも、ブロッコリーのおいしさにソレーユは驚いていた。

「これ、晩餐会《ばんさんかい》のメインを張れるおいしさよ！　マヨネーズって、こんなにおいしかったのね！」

「ソレーユさん、これはアンお嬢様特製の、オリーブオイルで作ったマヨネーズなんですよお」

「リュシアンさん、そんなことまでしているのね」

「ええ。一時期、マヨネーズに凝《こ》っている時期がありまして」

「そうなの。それにしても、オリーブオイルのマヨネーズなんて、初めて聞くわ」

「アンお嬢様、これ、フォートリエ子爵領にいるマヨネーズ作りの達人から習った、とっておきのマヨネーズなんですよね？」

「ええ」

お喋《しゃべ》りをしているうちに、ブロッコリーの山はなくなった。

「こんなの、初めてよ」

「アンお嬢様と、ブロッコリーを囓《かじ》ったことですか？」

「全部よ、全部。今まで、ありとあらゆる知識を叩《たた》き込まれて、なんでも知っているつもりだった。でも、私は知らないことばかりだったわ」

土がぬかるんでいること。畑に虫がたくさんいること。クモの巣が張っていること。

どれも、ソレーユにとって初めての経験だった。

「野菜を切ったあとの青臭《あおくさ》さ、野菜の葉に付いた水滴《すいてき》の美しさ、ナイフで野菜を切る爽快感《そうかいかん》、井戸の水の冷たさ――どれも、一生忘れないと思うわ。リュシアンさん、ありがとう」

「いえ、わたくしは、何も」

「いろいろ教えてくれたじゃない。どれも、本を読んだだけでは学べないことだったわ」

これからどんなことを学べるのか。わくわくしていると、ソレーユは呟《つぶや》く。

畑に対して拒絶感《きょぜつかん》を抱《いだ》かず、受け入れてくれたソレーユに、リュシアンも感謝の言葉を返した。

「これらの知識が、何に役立つかはわかりませんが」

「役立つわよ。あ、そうだわ！　ここに、夫や婚約者の扱いにほとほと嫌気《いやけ》が差している貴族女性を集めて、野菜のサロンを開かない？」

「野菜のサロン……ですか？」

「ええ！」

サロンというのは、女性の社交場である。通常は集まって茶を飲んだり、共通の趣味に興じたりする場だ。

「みんなで、野菜を収穫《しゅうかく》したり、種を植えたりするの。たぶん、どこにも居場所がない女性って、いると思うのよね。そういう人達がホッとできたり、楽しめたり、そういうサロンを開きたいわ」

「とっても、すてきだと思います」

「でしょう？」

サロンについて、どんどん新しいアイデアが浮かんでくる。

まさか、貴族女性とこのような会話ができる日がくるとは、リュシアンは夢にも思っていなかった。人生、何が起こるかわからないものである。

ソレーユとの出会いに、心から感謝した。

幕間その三　堅物騎士はお嬢様とデートする

　夜、コンスタンタンはリュシアンと茶を飲むことを習慣としていた。目が冴《さ》えてしまわないように、ミルクたっぷりの紅茶が用意される。

　男が甘い食べ物や飲み物を口にするなど言語道断。などと主張する先輩《せんぱい》騎士がいたおかげで、コンスタンタン自身もそうだと思っていた。しかし、リュシアンは男が甘い物を食べてもまったく気にする素振《そぶ》りはない。そのため、先輩騎士の教えは即座《そくざ》に捨て、好きな甘い物を食べられるようになった。

　毎日ではないものの、リュシアンは手作りの菓子を振《ふ》る舞ってくれる。今日はニンジンのシフォンケーキを焼いたようだ。

「鮮やかな色がでたものだな」

「ええ。実家から届いたニンジンで、作りましたの」

　リュシアンはナイフを手に取り、シフォンケーキを切り分ける。皿に盛り付け、生クリームをたっぷり添《そ》えてくれた。

「はい、コンスタンタン様」

「ああ、ありがとう」

生クリーム――それは喫茶店《きっさてん》などの飲食店にて、オプションでケーキや飲み物に付けることができるものだ。

青空に浮かぶ雲のようにモコモコしていて、驚くほど甘く優《やさ》しい味わいがする。

先輩騎士が言っていた主張を思い出す。生クリームなどという軟弱《なんじゃく》な物体は、騎士の食べ物ではないと。

おかげで、コンスタンタンは何年も生クリームを口にしていなかった。食後のケーキに添えるか給仕《きゅうじ》が聞いてきたときも、断っていたくらいである。

皿の上の生クリームを、コンスタンタンはじっと眺めていた。

今は、リュシアンがすることすべてが正しいことだ。コンスタンタンはそれに従うまでである。

「あ、生クリーム、盛りすぎましたか？　ごめんなさい、わたくし、生クリームが大好きで、ついつい自分で食べるときのように盛り付けてしまったのですが」

「いいや、問題ない。生クリームは、私も好ましく思っている」

「そうでしたか。よかったです」

コンスタンタンの前に、シフォンケーキが置かれる。よほど軟らかいのか、置かれた衝撃《しょうげき》でケーキがプリンのように揺《ゆ》れていた。

「では、食べましょうか」

「ああ」

シフォンケーキにフォークを滑《すべ》らせる。ふわふわとした手応《てごた》えに、コンスタンタンは驚いてしまう。このように繊細で、軟らかなシフォンケーキは初めてだった。潰《つぶ》さないように慎重な手つきで、扱わないといけないだろう。

ナイフで生クリームを添え、口に運ぶ。

「――むっ⁉」

思わず、声を上げてしまった。シフォンケーキは絹のようになめらかで、舌の上で消えてなくなりそうなほど繊細だった。ニンジンの風味が、ケーキの中で際立《きわだ》っている。それを優しく包むのが、生クリームだ。

「コンスタンタン様、いかがでしたか？」

「素晴らしい……ケーキだ。とても、おいしい」

「よかったです」

リュシアンは明るい笑《え》みをパッと浮かべる。それは、生クリームよりも甘い甘い笑顔であった。

世界一愛らしいリュシアンをずっと眺めていたいが、見つめ合うと照れてしまう。自分との闘《たたか》いであった。

「そういえば、明日の件ですが――」

明日の件とは、一週間前にコンスタンタンが勇気を振り絞《しぼ》って誘《さそ》ったデートである。

リュシアンが好きな場所に行くと約束していたのだが、ずっと決めかねていたようだ。

定番は演劇や音楽の鑑賞《かんしょう》だろう。父グレゴワールより、何枚か招待券を受け取っていた。中には、女性が好みそうなものもある。

演劇も音楽も、王太子の護衛任務で同行したことがあるが、眠気《ねむけ》との闘いだった。残念ながら、コンスタンタンに芸術を楽しむ感性は備わっていないのだ。

だが、リュシアンと一緒ならば、楽しめるだろう。そんなふうに考えていたが、リュシアンは思いがけない行き先を希望した。

「今、お屋敷の裏の森に、ベリーが生《な》っているようで、よろしかったら、ベリー摘《つ》みに行きませんか？」

コンスタンタンは眉間《みけん》に皺《しわ》を寄せ、奥歯《おくば》をぎゅっと噛《か》みしめる。

――森にベリー摘みに行きたいとか、妖精《ようせい》か！

リュシアンが愛らしすぎて、辛い。コンスタンタンは猫可愛《ねこかわい》がりしたくなる衝動《しょうどう》を、必死になって抑《おさ》える。

「少々寒いですが、厚手の外套《がいとう》を着て、湖のほとりでお弁当を食べたいなと思っているのですが、いかがでしょうか？」

「最高だ」

「え？」

「いや、なんでもない。わかった。ベリー摘みに行こう」

「ありがとうございます！」

明日のデートはベリー摘みに決まった。楽しみ過ぎて眠《ねむ》れなくなると困るので、ワインを一《いっ》杯《ぱい》飲んでから眠った。

◇◇◇

翌日――コンスタンタンは夜明け前に目覚めてしまう。

ソワソワして落ち着かなかったので、いつもの訓練を二倍の量こなしてしまった。

風呂《ふろ》に入って身を清めたあと、朝食を摂《と》るために食堂へ向かう。

廊下《ろうか》を歩いていると、食堂のほうから楽しげな会話が聞こえた。

「そうか、そうか。今日はコンスタンタンと出かけるのか。存分に、羽を伸《の》ばしてくるといい」

「はい！　たくさんベリーを採って、アランブール伯爵《はくしゃく》の分のジャムも作りますね！」

「それは楽しみだ」

コンスタンタンは突然《とつぜん》目眩《めまい》を覚え、壁《かべ》に手を突《つ》く。リュシアンがあまりにも天使なので、くらくらしてしまったのだ。

リュシアンはコンスタンタンだけでなく、グレゴワールにまで優しい。父親を大事にしてくれる女性と結婚《けっこん》できることを、奇跡《きせき》のようだと思ってしまった。

朝食を終え、しばし腹を休ませてから出発する。

リュシアンは動きやすいエプロンドレスに、毛糸のケープをまとっていた。長く美しい金の髪《かみ》はベリー摘みの邪魔《じゃま》にならないよう、三つ編みにして団子状にまとめている。

本日、侍女《じじょ》であるロザリーとソレーユは休み。代わりに、ガチョウのガーとチョーが同行するようだ。リュシアンの騎士の如《ごと》く、背後に並んで控《ひか》えている。

リュシアンは気合いの入った、大きなカゴを手にしていた。

「アン嬢《じょう》、カゴを持とうか？」

「あ、えっと、ちょっと重たいのですが」

「ならば、余計に私が持たなければなるまい」

カゴを手に取ると、ずっしりとした重みを感じた。昨晩「湖の畔《ほとり》でお弁当を」と言っていたので、その重みだろうか。どのような料理を詰めてきたのか、まったく想像できない。

「コンスタンタン様、行きましょうか」

「そうだな」

アランブール伯爵邸《はくしゃくてい》の裏手に回り込み、深い森となった道を進んでいく。

肌寒《はださむ》い毎日だったが、今日は晴れているので気温も高めだ。素晴らしい、ベリー摘み日和《びより》である。

「故郷では、よくベリー摘みに出かけていたのか？」

「はい。獣《けもの》が出るので、父か弟の同行がなければ行けませんでしたが」

フォートリエ子爵領には、クマやイノシシ、シカなどが生息しているらしい。稀《まれ》に、オオカミが目撃《もくげき》されることもあったという。

「オオカミか。王都では、一世紀ほど見かけていないようだ」

「退治されたのですか？」

「ああ。旅人や商人が次々と襲《おそ》われていたため、大規模なオオカミ狩《が》りが行われたようだ」

その結果、生態系が崩《くず》れ、王都周辺の自然環境《かんきょう》はガラリと変わったという。昔はもっと、緑豊かな土地だった、という話を耳にしたこともあった。

「姿を消したのは、オオカミだけではない。貴族がこぞって鳥撃《とりう》ちやキツネ狩りをしたために、この辺ではあまり見かけない」

「ウサギはたくさんいるようですが」

「ウサギは以前、貴族女性の愛玩《あいがん》動物として流行《はや》った時期があったのだ」

ブームが過ぎ去ったころ、飼っていた者が森に放ってしまったために増えたのだ。

「まあ！　そんな経緯《けいい》があったのですね」

「大変、危険な行為だっただろう」

かつて、ウサギが生息していない土地に持ち込んだ結果大量繁殖《はんしょく》し、自然を壊《こわ》してしまった歴史もあるという。それほど、ウサギの繁殖力はすさまじい。

「罠《わな》に大量に引っかかったあとも、安定した数を捕獲《ほかく》していますからね」

「だが、だいぶ被害《ひがい》は減った。アン嬢のおかげだろう」

「お役に立てたようで、幸いです」

王の菜園は、リュシアンのおかげで今日も平和だ。

リュシアンの先導で、森の中を進んでいく。まるで道を熟知しているようだが、足を踏み入れたのは初めてのようである。なんでも馬車で王都に行く際、窓からベリーが見えたらしい。

「しかし、今の時季まで採れるベリーがあるんだな」

「ええ。寒さに強い品種なのです」

一言にベリーと言っても、さまざまな種類があるようだ。

「有名なのは、バラ科のラズベリー、ブラックベリーですね。他に、ツツジ科のブルーベリーなど。これらが夏期を旬《しゅん》とするベリーなんです」

今回採りに行くのは、夏の終わりから秋にかけて実を生《な》らすベリーだという。

「リンゴンベリーという、酸味が強いベリーなのですが、ジャムにしてもおいしいですよ」

そんなことを話しているうちに、ベリーが自生する場所に到着《とうちゃく》した。遠くに、王都へ繋《つな》がる街道《かいどう》が見える。

「これだけ離《はな》れているのに、よくベリーを見つけたな」

「偶然《ぐうぜん》、発見できました」

リュシアンは偶然見つけたと発言しているが、そんなわけはない。彼女《かのじょ》は暗闇《くらやみ》の中で野生動物を発見できるほど、目がいいのだ。

リュシアンはすぐさましゃがみ込み、エプロンを片手で摘まんで袋状《ふくろじょう》にし、もう片方の手でどんどんベリーを摘んでいく。目が、真剣《しんけん》だった。

コンスタンタンもカゴを下ろし、慣れないベリー摘みを始める。力加減が難しく、果肉を潰してしまった。指先が、真っ赤に染まっていく。

潰れたベリーをガーに差し出したが、食べようとしない。その背後で、ベリーを食べたチョーが「ぐわー！」と叫ぶような鳴き声を上げている。

ここで、コンスタンタンはリュシアンが「酸味が強い」と言っていた話を思い出した。もったいないので口に含んでみたが、チョーが叫んだ理由を身を以《もっ》て痛感してしまう。リンゴンベリーは生で食べるものではないと、コンスタンタンは学習した。

リュシアンはたった一時間半ほどで、たくさんのベリーを集めていた。コンスタンタンは慎重な手つきだったからか、五十粒《つぶ》もないように思える。空の瓶に詰めて、持って帰る。

「では、そろそろお昼にしましょうか」

「そうだな」

と言っても、湖の畔まで歩かないといけない。屋敷のほうへと戻り、アランブール邸《てい》の敷地《しきち》内《ない》にある湖を目指した。

湖が見えてくると、ガーとチョーはガアガア鳴きながら、喜んで水辺に駆《か》けて行く。水遊びが大好きらしい。

「たまに、湖にガーとチョーを連れて行ってあげるのです。行けない日は、タライに水を張って、遊ばせているのですよ」

「そうか」

聖誕祭《ノエル》の丸焼き用にと連れてこられたガーとチョーであったが、今は畑の見回りガチョウとして活躍《かつやく》し、ついでにリュシアンから大事にしてもらっているようだ。

充実《じゅうじつ》した日々を送っているのだろう。ただ、餌《えさ》や虫、野菜の葉の拾い食いをしているのか、やってきた時よりも明らかにムチムチしていた。屋敷に出入りしている肉屋から、「あそこに脂《あぶら》が乗っていそうなガチョウがいる。うまそう」と言われるくらいである。

ガチョウの丸焼き、ベリーソース添《ぞ》えを想像してしまい、思わず唾《つば》を飲み込んでしまった。

「コンスタンタン様、今日は、鶏肉《とりにく》のソテーをバゲットに挟《はさ》んだものを作ってまいりました」

「これはすごい」

鶏肉を挟んだバゲットの他に、ほうれん草のキッシュ、チーズを挟んだ鶏胸肉のカツレツ、豚肉《ぶたにく》の肉団子など、豪華《ごうか》な弁当だった。

ガチョウを食べたい欲は消《き》え失《う》せ、コンスタンタンはリュシアンが作ってくれた弁当に舌鼓《したつづみ》を打つ。

鶏肉を挟んだバゲットは、マスタードソースが塗《ぬ》ってあった。ピリッとした風味が、よいアクセントとなっている。

「どれも、おいしい」

そんな感想を呟いたあと、リュシアンが隣《となり》でじっと見つめていたことに気付いた。危うく、食べていた肉団子を喉《のど》に詰まらせそうになる。

「ア、アン嬢、食べないのか？」

「あ、そうでしたね。コンスタンタン様があまりにもおいしそうに食べてくださるのが嬉《うれ》しくって、じっと眺《なが》めてしまいました」

「そ、そうか……」

コンスタンタンはリュシアンの弁当を食べて喜び、リュシアンはコンスタンタンが食べる様子を見て嬉しくなる。なんとも幸せな時間だった。

腹が満たされたあと、コンスタンタンは一言謝《あやま》る。

「アン嬢に、謝らなければならないことがある」

「まあ、なんですの？」

ヒュウと、冷たい風が吹《ふ》いた。水辺は、冷える。あまり長居をしないほうがいいだろう。

「先ほど——ガーとチョーを、おいしそうだと思ってしまったのだ。彼《かれ》らは王の菜園を守る仲間なのに、申し訳ないな、と」

「コンスタンタン様……実はわたくしも、ガーとチョーをおいしそうだと思うときがあるのです」

「アン嬢もなのか？」

「ええ。最近冬に備えて、ムクムクしているでしょう？　聖誕祭の日は、とってもおいしい丸焼きが作れそうだと、ふと思うときがありまして」

それだけではなく、無意識のうちに肉質がよくなる薬草をガーとチョーに与《あた》えているときもあるらしい。

「あの、そういうわけですので、どうか、お気になさらず」

「そう、だな」

コンスタンとリュシアン、双方《そうほう》空腹時に思っただけで、常日頃《つねひごろ》からガーとチョーを食材として見ているわけではない。

今後、そのような目で見ないことを、互《たが》いに誓《ちか》いあった。

◇◇◇

帰宅後、リュシアンは二種類のジャム作りをするという。コンスタンタンは見学させてもらう。

「リンゴンベリーは保存を促進《そくしん》する成分が含まれていて、加熱せずともジャムを作ることができるのです」

「なるほど」

そのため、一種類目のジャムは、煮沸《しゃふつ》消毒した瓶にリンゴンベリーと砂糖にブランデーを一匙《さじ》入れた生ジャムを作るようだ。

二品目は、通常のじっくり煮込むジャムである。鍋にリンゴンベリーと砂糖を入れて、ぐつぐつ煮込む。

甘い匂《にお》いが、台所を漂《ただよ》っていた。

「コンスタンタン様、退屈《たいくつ》ではありませんか？」

「いいや、そんなことはない」

リュシアンが鍋をかき混ぜている様子を眺めるだけで、コンスタンタンは癒《い》やされるのだ。

「――と、こんなものですね」

リュシアンは棚《たな》の中からクラッカーを取り出し、できたてホカホカのリンゴンベリージャムを載《の》せてコンスタンタンの口元へと持って行った。

「コンスタンタン様、あーん」

「……」

何度されても、リュシアンからの「あーん」は照れてしまう。腹をくくって、ジャムを載せたクラッカーを食べた。

口に含んだリンゴンベリーのジャムは甘酸《あまず》っぱい。リュシアンの愛情が籠《こ》もっているので、絶品だった。

「コンスタンタン様、いかがでしたか？」

「とても、おいしい」

コンスタンタンの感想に、リュシアンはとびきりの笑顔《えがお》を返す。

なんて幸せなひとときだと、コンスタンタンはしみじみ思った。

あとがき

こんにちは、江本マシメサです。

この度は、『『王の菜園』の騎士と、『野菜』のお嬢様』第二巻をお手に取っていただき、誠にありがとうございました。

リュシアンとコンスタンタン、それから幼なじみロイクールとの三角関係を描いた内容でしたが、お楽しみいただけたでしょうか？

リュシアンのド根性お嬢様っぷりが際立ったエピソードだったかな、と個人的には思っております。

ガチョウのガーとチョーもお気に入りのキャラクターでして、二巻では活躍させることができて、大満足でした。

今回は、新しいキャラクターのド迫力美人なお嬢様である、ソレーユが登場しました。いろいろとワケアリなのですが、成長を見守っていただけたら幸いです。

今回も、仁藤あかね先生に素敵なイラストを描いていただきました。

一巻に引き続きまして、二巻もリュシアンが大変可愛らしいです。

コンスタンタンは、一巻よりも表情が柔らかくなって、よりいっそう素敵になりました。ロザリーはかわいく、ソレーユは美しく、描いていただけてとても嬉しいです。仁藤先生、ありがとうございました！


物語にはまったく関係ないのですが、私と野菜についてお話しさせていただきます。

小学校、中学校と学校に畑があり、毎年サツマイモを育てていました。

秋になると収穫し、焼きイモ大会が開かれるのです。

私は全国各地の学校で、焼きイモ大会が行われていると思っておりました。

それが間違いだと知ったのは、大人になってからでして……。

就職して他県の方とお話ししたときに、焼きイモ大会を開催していたのは一部の学校だけだったことに気付かされました。

未だに、「うちの学校も、焼きイモ大会やっていたよ！」と言う人に出会ったことはありません……。

そもそも、学校に畑はないと。

我が母校はなぜ、焼きイモ大会を開いていたのか。今となっては考えれば考えるほど、謎が深まるばかりです。

ただ、楽しかった、おいしかったという記憶は、大人になった今も残っています。

こういう農業経験が、王の菜園の騎士～が生まれるきっかけになったのかな、と。

しみじみ、思っております。


今の時季は、ちょうどアスパラガスのシーズンですね！

茹でてマヨネーズをかけてもよし、ベーコンと一緒にバターで炒めてもよし、どんな料理にも合うポテンシャルを秘めた野菜だと思っております。

その中でも、私は豚肉を巻いた肉巻きアスパラが大好きです。

王道の醤油で味付けたものもおいしいですが、最近は焼き肉のタレを絡めたものもお気に入りです。

アスパラガスの皮を剥き、レンジで一分ほど加熱。そのあと、軽く下味を付けた豚バラ肉をくるくる巻いて焼くばかりです。

今が旬の野菜ですので、おいしく召し上がっていただけたら嬉しく思います。


現在、コミックファイアにて、王の菜園の騎士～の漫画が連載中です。

表情豊かで愛らしいリュシアンと、カッコイイコンスタンタンを、狸田にそ先生に描いていただいております。

狸田先生、いつも楽しい漫画をありがとうございます。そしてこれからも、よろしくお願いします。

最後になりましたが、支えてくださった担当編集様、及びＨＪノベルス編集部様、今回も大変お世話になりました。感謝してもし尽くせません。

他にも、たくさんの方々の協力で発売が叶いました。本当に、ありがとうございました。

読者様につきましては、作品を応援いただき、心から感謝しております。

ありがとうございました。

また、『『王の菜園』の騎士と、『野菜』のお嬢様』の三巻で会えることを信じて、執筆を続けていこうと思っています。

江本マシメサ

コミカライズも
コミックファイアで
好評連載中
!!!!!!!
3
江本マシメサ
ill.仁藤あかね
『王の菜園』の騎士と、
『野菜』のお嬢様

お互いの気持ちを知り、結婚へと動き出したリュシアンとコンスタンタン。
しかし、隣国の王女が輿入れする影響で婚礼用品の買い占めが発生。
ドレスも指輪も手に入らなくなってしまう。
しかも、王の菜園での新事業開始も近づいて二人は大忙し！
そんな中、新しい侍女ソレーユの秘密もばれてしまって――
✦ ✦ ✦
堅物騎士とお転婆お嬢様の恋物語、
ハプニング満載な第3幕!!
2020年秋、発売予定!!

HJ NOVELS
HJN45-02

『王の菜園』の騎士と、『野菜』のお嬢様 2

2020年5月23日　初版発行

著者——江本マシメサ

発行者—松下大介
発行所—株式会社ホビージャパン
〒151-0053
東京都渋谷区代々木2-15-8
電話　03(5304)7604（編集）
03(5304)9112（営業）

印刷所——大日本印刷株式会社

装丁——coil／株式会社エストール

Printed in Japan

ISBN978-4-7986-2208-8　C0076

ファンレター、作品のご感想お待ちしております

〒151－0053　東京都渋谷区代々木2－15－8
(株)ホビージャパン HJノベルス編集部 気付
江本マシメサ 先生／仁藤あかね 先生